U0902914

可爱的洪水猛兽

韩寒 著

天津出版传媒集团
天津人民出版社

切·格瓦拉看了我的书以后写道：

如果说我们是浪漫主义者，

是不可救药的理想主义分子，

我们想的都是不可能的事情，

那么，我们将一千零一次地回答说，

是的，我们就是这样的人。

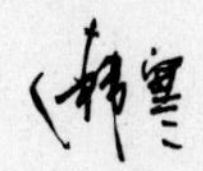

目录

如果信仰带我们去沟里，那我们还是暂且留在岸上看天色吧。

这一代人

前天参加《萌芽》十周年的活动，谈到了一个问题，是非常老套的一代人的问题。我想说，事实上，不存在一代人和另外一代人，如果非要说有，那我们就说说这一代人。

从我看到的情况来说，这一代人也是相当传统的。离婚率居高不下，因为很多人嫁给了岁数，嫁给了住房，而不是嫁给了爱人。

一到25岁，人人自危。但从这点可以说明，这批人和以前那批人没有本质的区别。

但是，外界给了这些人很多的负面评价，这是不公平的。比如所谓的自我、不关心政治。自我其实是件好事情，而且很多表象性格是由计划生育导致的。因为独生子女政策而带来的问题，我想这账似乎不能算在无辜的被生下来的人身上。

而所谓的不关心政治，也是无稽之谈。在当今的环境下，政治还不是可以用来关心的。以前那批人，只是情不自禁被政治关心了，他们所扮演的只是政治潮流的小喽啰和被害者，被害不能成为一种谈资，就好比被强奸不能算在自己的性爱经历里一样。政治可以关心的时代暂时还没有到来。

而现在这个时代，诸多不满与不和谐，或者利好与进步，其实和这一代人根本没有关系，这全是老一辈人搞出来的后果。政府公信力伴随着CCTV一起空前地丧失，也和这代人没有任何关系。这一代人暂时只能在娱乐、体育圈露个脸，不能对这个社会造成多大的影响。80后到现在最大的才28岁，最小的19岁，也就是处长和处男之间，没有任何的权势，所以权力使用不当造成的后果再推卸到这代人身上是不公平的。自己的屁股没擦干净是不能用下一代的胎毛来做草纸的。

其他的诸如生活放荡糜烂、一夜情、“不正当”关系、迷茫、嗑药、空虚、抑郁等，从我观察的结果来看，这的确是从20世纪70年代出生的那批人开始的。但我不觉得这是坏事。有信仰自然好，关键是信仰带我们去何方。如果信仰带我们去沟里，那我们还是暂且留在岸上看天色吧。

但是，我们可以很高兴地发现，大群体素质的提高正是从这一代开始，最基本的不乱扔垃圾、不随地吐痰、不插队，都是从“文革”后接受教育的那批人开始慢慢培养成的。很多社会陋习和低素质表现，恰恰也是老一辈的“光荣传统”。

这一代人肯定是有错的，但我相信那更多是个人力量的失误。再多的错，在今天来说都是不合时宜的。因为现在我们能看到的所有错，都是别人的，这一代人的错，还没开始。这一代人中的坏蛋、王八蛋，都还没浮现，但是笨蛋肯定不少，不过这点上哪一代都一样。

2008年2月7日

依算命的结果，下一站西天。

西

新年没怎么过，可能从很早开始，我就没有再以年作为计时单位了。

车开在上海的高架上，以为淘宝网最近发神经了，联合全国牙防忽悠组织满世界做广告，凑近一看，原来是海宝。

29日算我的生辰八字。说我命特别好，但运比命还好，终生桃花。

以前各种算命的都说我是罕见好命。我问，那我可不可以逆天行事?

我和人提起这事，说我的运比命好。

人说，薄命的孩子。

算命的说我要求得功名，就在南方；要发财，就去北方。不能去西面。总之，不能去沾“西”字的地方。

明天我就要先飞去西安，然后转机去西宁，最后到西藏。依算命的结果，下一站西天。

但是呢，我还有很多未完成的事情。

2008年1月4日

我依然会按照我自己的方式行事，

哪怕你们都不能理解我的情怀。

我就像这个世界

这两天从西藏的活动回来。在西边的时候，每个人见到我都问，有反应吗？我一开始不理解，以为这里的人都挺直接的，民风开放。

回到上海后有两个出版信息，一个是比西天取经的磨难还要多的一本杂文集要出版，名字叫《杂的文》，里面的文章大部分从我在个人博客里发表过的内容中选择。这本书本来是去年要出版，因为出版前闹出了点绯闻，版权也有些问题，就不高兴出，一直拖延到现在。有一些质疑说我这是在欺骗读者，因为文章都在网络上免费发表过了，我想说，你们是王八蛋。我是全中国所有畅销书作者里唯一一个在博客上免费发表自己真正作品的作者。因为这些免费的文字对于一个靠写书来谋生的人来说是资源上的巨大损失。全中国书卖得多的人里只有我一个人在坚持提供免费文字。你们都不花钱看过了，占了便宜还卖乖，不准我出版，只准盗版商一本一本出我的杂文集，你们这是什么心态？我自己的文字我自然有处置的权利，这就像一个老在报纸上发表专栏文章的人，难道等到出书的时候就不能收录这些文章吗？况且我每篇文章的点击量在10万左右，但我每本书销量在50万上下，所以你看过不要紧，还有40万人没看过呢，看过的就不要买了呗，有人逼你了吗？

另外有一本叫《儿子韩寒》的书要出版，那是我父亲在2000年出版的一本书，在2003年的时候此书已经不再印刷，市面上买不到了。现在由另外一家出版社出一个新的增订版。这个事先已经说得很清楚了。原来的书卖完了印刷一个新版是天经地义的事情。如果你硬说是我用老书充当新书欺骗读者，那就只能说明你自己心怀叵测。某些“别有用心”的记者写文章说：“不少粉丝在网上狂批韩氏父子‘新瓶装旧酒’，滥竽充数想赚粉丝钱……”这年头网民很可怜，什么都被拿来说事，你记者自己这么想就这么写是你的想法，何必要嫁祸在我的读者身上？如果我真有抱着上文这样想法的读者和粉丝，那就请你们滚蛋，去做厚道的郭敬明的粉丝吧。我做事光明磊落，这两本书也不塑封，也标明了大部分文章可以在我的博客上免费阅读，想吃白食的或者被最近的通货膨胀搞得穷得不行的可以去网上看。以后我也会继续提供免费的文字给我真正的读者和这批人看，社会不援助你我援助你。

你们这“一小撮”人，“别有用心”，你们也不知道我为降低每一本书的售价而做出的努力和牺牲，人家的书都在卖25、28、30元的时候，我的书还在卖19、20元。你们也不知道我为了不挂名做现在流行的“杂志”推掉了多少个人利益。曾经我最便宜的一本书卖9块钱，虽然字数少，但弄点画卖个15、20元的也没问题，这却变成了销量最差的一本书，10万多本。而且因为价格太低批发销售利润太少所以卖书的人也不积极。我真酷你们真残酷。

另外再次感谢我真正的读者，你们会有礼物。

但这些都没关系，我依然会按照我自己的方式行事，哪怕你们都不能理解我的情怀。你们和我不一样。我就像这个世界，这个世界是不会变的。

2008年1月18日

或许我的作品和生活的方式能影响到一些人，
如若这样，别这样，请你们就当看戏。

你让我重来，我都学不像自己

昨天在上海，谈小说的电视改编权，过来和我谈的先生讲述了他阅读《一座城池》的曲折故事，让我有所感动。不管最后能否成交，我还是给了他友情价。

今天一早，车队的朋友给我转来一个电话，说有人找我，电话里也是一个破釜沉舟的高三辍学生，他说一定要见到我，因为他处境很艰难。他想做一名车手，想跟着我学赛车。

八九天前，有人问我，《光荣日》的第二部还写不写啊。说实话，我都忘记这本书了。我对这书的兴趣已经消失，书里的人自生自灭。我一直觉得事情不一定要有正式的结局，但我现在决定有空会把这本书的结局写完。

我很少出门玩，从17岁开始玩，大家现在都在玩的对我来说早就过时。好玩的不好玩的我早玩够。虽然大部分时候有大把时间，我在房间里上网看碟也未必愿意写东西，哪怕我有很多要写的。现在我却决定空下来写一些东西。未必成书，但一定成品。

或许我的作品和生活的方式能影响到一些人，如若这样，别这样，请你们就当看戏。虽然我不会参加任何影视的表演，但其实我是一个好演员，只是没有人有资格来导我演罢了。不要学我。你让我重来，我都学不像自己。

2008年2月26日

趁还没老，我要去赢全国摩托车的比赛，那是17岁的理想。

我决定

这周是今年拉力赛的第一场，下周是场地赛，然后所有的比赛就要避运了，9月以后重新开始。我昨天也开了朋友的N组赛车，觉得适应起来没什么问题，甚至觉得挺慢的，我相信如果驾驶N组车，在柏油路和砂石路应该都可以进到国内车手的前三名，在柏油路上应该有能力去争夺全国冠军。如果明年没有SUPER2000组别的赛车，今年应该是我最后一年驾驶自然吸气的赛车了，明年我一定会驾驶涡轮增压的N组的赛车。

这个是小事，我真正决定的是，在下一次夺得汽车年度车手锦标以后，我将计划参加摩托车比赛。趁还没老，我要去赢全国摩托车的比赛，那是17岁的理想，若不去做，我会很遗憾。

2008年5月27日

我去了一个很美的地方 这里没有痛苦没有悲伤

每个人有 有一双翅膀 你只需要 歌唱

献给王唯懿

我所在的环球天韵唱片公司的王唯懿老师煤气中毒去世了，才30出头，肚子里还有她多年来一直想怀终于怀上的六个月大的孩子。之前她的MSN签名是“老天保佑王唯懿”。

去参加了她的追悼会。对于死亡，我以前一直说，那是生命换了种模样，但仍和我们在分享同一个空间。

公司的人，我，黄龄，兰色花园，琦琦、小松和方舟一起录了一首歌，叫《和我想的一样》，来悼念这件和大家想的都不一样的事。

对于我，我希望自己死的那一天，我的人儿们，都念及我的好，我虽然有好有坏，但那天所有坏已经得到了偿还，而没有人能比我更好。我会在另一个地方等你们一分钟，我想这是人间的50年。然后的我，重新来到这世上，说不定还会崇拜现世的我。所以我希望现世的我更加传奇于这个世上，可以留得住这一分钟。

附：

和我想的一样

——给王唯懿和她的孩子

演唱：天韵歌手Zoe　韩寒　黄龄　兰色花园乐队

小松拓也　王加琦

词：曹峻　张力

曲：张蔚（兰色花园乐队）

我去了一个很美的地方

这里没有痛苦没有悲伤

每个人有

有一双翅膀

你只需要

歌唱

Aha……和我想的一样

孩子们快乐地飞翔

天空是个游乐场

Aha……飞翔

飞翔

我去了一个很美的地方

这里没有痛苦没有悲伤

每个人有

有一双翅膀

你只需要

歌唱

Aha……和我想的一样

天空是个游乐场

孩子们快乐地飞翔

Aha……飞翔

Ha……和你想的一样

彩虹是城市的灯光

孩子们快乐地歌唱

歌唱

Aha……

总监制：冯海宁

制作人、录音、混音：张力

吉他：张蔚（兰色花园乐队）

录音棚：音乐力场

2007年12月28日

对于我们一直强调的“文以载道”和“思想性”，

我觉得是应该放在最后的。因为文学很容易变成政治的妓女。

大师们，我等无条件臣服于您

最近有记者问到，外面说我炮轰和侮辱了很多文学大师，我怎么看。

我就开始回忆，哪里？大师在哪里？我什么时候炮轰和侮辱李白苏轼他们来着？后来终于想起了事情的原委，我觉得，所谓炮轰或者侮辱，是别人生怕不够劲爆看的人少，自己加的标题。这就好比我一拍你的肩膀，说，哥们，你今天穿的衣服我不是很喜欢。最后就演变成我痛扁了别人一顿。

事情是这样，我和陈丹青两人做一个电视节目，我说的大意是，新中国以后的中国文学很不注重文笔和文采，我们课本入选的文章和要求背诵的那些文章文采也都很差，老舍、茅盾等人的文笔很差。

然后陈丹青补充道，还有巴金。

我表示很同意。因为老舍是我一个口误，我就是想说巴金来着。

我们也觉得冰心写的东西读不下去。

最后我和陈丹青大致说，你看，我们说了这个，电视台肯定很高兴，他们就等着我们说类似的话，就能拿这个来做文章了，因为这个招骂啊，然后大家说我们两个是炒作，是借这些作家来出名，可我们并不是这么想的。真是没有办法说话啊。

这个里面我唯一错的就是，把老舍和巴金搞混了。老舍的文笔还是不错的，我本意是巴金和茅盾的文笔很差，但巴金、老舍、茅盾、冰心这四位作家，在中国的政治文学体系里，往往是打包在一起的，所以我一时搞混了一个，在此要向老舍先生说声抱歉。

但我很坚定地认为，巴金、冰心、茅盾三人的文笔和文采是非常一般的。

至于余华和苏童，我则没有说过。

我不大明白，评论三个作家的文笔很一般，我个人不喜欢他们的写作手法，为什么会变成侮辱大师和毒害青年。今天在人民网上看见有评论说，文化名人不应该在媒介发表不负责的言论，尤其是大嘴巴言论错误导向舆论，出言不逊的结果是伤害整个民族的文学尊严。

怎么几句话就把整个民族的文学尊严给伤害了呢？作者的名字叫民族么？为什么这个叫“不负责任的言论”呢？我当然为我说的话负责任了。这又不是我一时激动胡说的，我从小学看语文课本的时候就这么认为了。而这怎么就成了错误的舆论导向了呢？

对于新中国早期的这些作家，我们任何人都是可以根据个人喜好来评价的。比如我，我个人比较欣赏梁实秋、林语堂、鲁迅、钱锺书这些文采和文字天赋比较好的，比较不喜欢巴金、冰心、茅盾等文采比较差的。

我个人的认为是，作为一个作家，最重要的是作品的情怀，作品的文采和说真话。

对于我们一直强调的“文以载道”和“思想性”，我觉得是应该放在最后的。因为文学很容易变成政治的妓女，导致的结果就是，你跟对了人，你就是崇高和灵魂，你跟错了人，一模一样的文字，你就变成了反动和毒草。而我们一直说的“感情真挚”，我也不认同，你一个作家，仅仅只有感情真挚，那还不如去做午夜聊天节目的知心大姐。

所以，单单说文字，我个人认为冰心、茅盾、巴金这三个人的文采的确不行。当然，因为每个人对文采的理解不一样，大家自然可以觉得这三人不光思想非凡，而且文采也非凡。关于这个，大家各自说理就行了。

小学课本选入他们的东西是有问题的。首先，如果是真正的大师级别的东西，我个人认为给刚识字的小学生看，是不合适的，这才是侮辱大师。当然，不要再拿白居易给老奶奶念诗来说事了。因为政治和思想上的迫切需求，所以有必要在小学阶段收录教材，并且背诵。这些范本导致了小学生认为，文章就是应该这么写的。这些人被后人所推崇的却是他们几十万个字堆成的整本书，可我们拼命学的只是他们的一段话，这也是他们几个人最弱的地方，那就是在一个段落里的文采。

如果我身为一个好的作家，我的写作手法被一群小学生给分析和模仿了，那我会觉得挺丢人的。

人民网的评论继续说：对文学大师心怀尊敬之心、追念之心是一个民族的基本涵养，是一位有责任的文化人的基本修养，贬低大师甚至出言不逊已经超出文艺争鸣的范畴。

这段话我很不认同。首先，这是你的大师，不是我的大师。其次，我不觉得我说茅盾、冰心、巴金文笔不好是对他们出言不逊。只要不是人身攻击，你再大的师，无论是人民封的或者政党封的，都是可以自由评说的。况且我还没评说大家所看重的“思想和立意”，单纯说个文采而已。在封建社会，评说个大诗人写得差，不合我意，应该也没什么问题吧，别等到一千年以后……当然，有人会觉得，没不让你说啊，你这不正说得欢么，我们只是都不认同你说的，他们就是文采好，或者那叫文笔朴实立意高。那我也没办法。但这些人要比那些危言耸听的评论家可爱多了。

再其次，一位有责任的文化人的基本修养是有骨气、说真话、不献媚、不阿谀，绝对不是对文学大师心怀尊敬之心、追念之心。文化人不是来烧香的。我也不觉得这是一个民族的基本涵养，如果一个民族的全部人都必须觉得有那么几个作家，写的必须是好的，所有的全好，没有一点不好，否则你就是没涵养，那会是什么民族啊。

可当时所谓的“冰心的书读不下去”，这也是陈丹青，包括我的真实想法。任何人都有权利觉得另外一个人的书不在自己的审美里，读不下去。如果大家读我的书读不下去，我也不觉得有什么问题。可为什么在某些评论家眼里，读不下去冰心就是人格和文学品格出了问题呢？你不能非得逼着我看冰心看得津津有味才行吧，我的确是不喜欢，我也只是把我内心真实想法说了出来。如果你非要逼着我读冰心的书，我对你的惩罚就是逼着你读冰心的书。看看你是真喜欢还是假喜欢。

所以，看见很多在网上痛骂的人，他们的措辞之激烈，表现之激动，是要比玉米相对于李宇春更甚的。但是否巴金、茅盾、冰心三位老人在他们心中的位置要比李宇春在玉米心中的位置高呢？明显不是这样的。我甚至怀疑把老舍、茅盾、巴金三个人放他们面前，他们能否分清楚谁是谁。当然，你们可以说，你们只认文字不认脸，不过我也怀疑，在那么多叫嚣着你胆敢不尊重文学大师的人中，是否都完整地看过你们所“尊敬”的大师的书？是否还记得冰心、老舍、茅盾、巴金原名叫什么？我想，如果李宇春原名叫李春波的话，所有玉米都应该是记得的。所以，其中很多人是巴金、冰心、茅盾的假粉丝。你们只是单纯看我不顺眼，不喜欢我，就甘愿马上摇身变成你们的大师们的不忠实读者，这是不诚实的。至少在我念书的时候，似乎整个班级甚至整个学校都没听说过有多少人多么喜欢看这三个人的作品。现在却突然冒出来这么多义正词严的假读者，我感觉这些茅盾、冰心、巴金的假粉丝马上就要组成“盾牌”“心冰乐”“京巴”等粉丝团了。

至于他们的真读者，对我留言说，其实巴金写得很好，并且告诉我为什么好，哪段的哪里很好。那我对他们也很尊重，我会尝试再去看看。这属于正常的文学观点的不同，而不是借着这三个“大师”的帽子给别人扣更高的帽子，顺便名正言顺地骂两句。但到现在，我依然认为，巴金、老舍、冰心、茅盾这四个人中，别的什么都不说，就说文采，除了老舍不错以外，其他三个人从最差到较差的排名是——冰心、巴金、茅盾。

作为一个作家，文笔和文采非常重要，一个作家必须要拥有独特和出色的文字技术和文字风格，所谓的思想性和感情真挚都不能代替，这也是汉字的魅力所在。中国历来的作家都很看重这点，从诗经开始，到唐诗宋词，到四大名著，无不如此，再到后来的白话文写作中，钱锺书、梁实秋、林语堂、胡适、鲁迅、沈从文，包括张爱玲做得都不错，但是因为到了新中国，文字的魅力被思想的正确和意识形态的需要所替代，很长一段时间里，政府和人民再没有运作出文采出众的真正文学大师。

现在，看着一些评论家们的意思，是不是面对老巴冰茅他们这些作家，我等必须觉得全部都很好？有异议就是我人格和涵养出了问题？也不用管个人的文学喜好如何，必须抛弃所有阅读口味，无条件臣服于他们？

2008年6月21日

编者按：2008年6月，韩寒、陈丹青在某地卫视《零点锋云》节目中，提到巴金、冰心、茅盾文笔很差，文章读不下去，此番言论引发各界声讨。

放弃自己的权利也是你的权利，咱们不是最喜欢行使这个权利么。

严禁发表个人喜好

我说，我觉得巴金、茅盾、冰心三个人文笔不好，冰心的书我读不下去。招来很多把烧香当成一个作家的头等职业道德的文学评论家纷纷对我说，你怎么胆敢骂大师，侮辱大师，颠覆大师，向大师泼污水？

我觉得非常奇怪，我只是在表达我的个人审美和阅读习惯，这是多么正常的一件事情啊，怎么会有这么大的罪孽呢？我说他们文采不好，身为评论家，如此地义愤填膺，想来应该是不认同我的观点，那么他们应该告诉我，巴金、茅盾、冰心的文笔好，为什么好，好在哪里？如果我不认同，好，那大家就是审美不同，一拍两散。这才是正常的。或者索性他们说，你这个笨蛋，审美太差！这也没问题。可是，现在他们只会说，大师是不能评说的，你这是忘本，是人品出了问题，是必将被钉在历史的耻辱柱上的。

原来读不下去冰心的书，是要被钉在历史的耻辱柱上的。评论家是把自己家里的柱子命名为“历史的耻辱柱”，看谁不爽就把谁的照片钉上去？那这耻辱柱似乎得做大点吧。我也明白了，原来在这个世界上，个人情趣上不喜欢某些作家的文笔和他的书，会是违背了道义伤害了民族和没有修养啊。

我的心里自然会评判我自己认为的大师，你们的大师不是我的大师，他们在我眼里只是作家或者成功作家，我自然可以决定自己是否喜欢读他们的东西。这和一个人的道德没有任何的关联。纵然是我自己认为的大师，我也可以对他说，我觉得大师您的这个地方我不是很喜欢。还是那句以前用过的话，这是你我最基本的权利，大家都有这个权利。当然，你也可以认为自己没有这个权利。

放弃自己的权利也是你的权利，咱们不是最喜欢行使这个权利么。

在正规的评论家或者评论者的文章里进行了一些摘录：

◎竟然对著作等身、享誉海内外的大师们指手画脚——蚍蜉撼大树，可笑不自量力。

◎作为名作家最重要的一点就是要学会谦虚。

◎其地位是历史的决定、人民的选择，是经过了文学史的检验和评价。颠覆大师贬低大师是可笑而且徒劳的。

◎贬低嘲讽大师很无知。

◎除了媚俗，就是沽名。这是笔者对韩寒等人攻击文学大师的基本看法，其中折射的虚无和文化的狂妄，必须引起社会的重视。

◎居然敢于批评大师，你二人又有何德何能呢？

◎韩寒说巴金、冰心、茅盾的文笔不好，言下之意是他自己的文笔很好吗？

◎作为公众人物，你自己的喜好，你自己的个人审美是不能放在媒体上对公众发表的。

◎与大师们相比，韩寒们缺乏的不仅是“文笔”，还有文学的学养，个体的修养，以及对文学传承的使命感、责任感。

◎韩寒又与一个什么叫作陈丹青的画家在那里大放臭屁。说什么“其实我们背诵的都是描写得特别差的东西，然后在那里背诵，所以文章一开始写成这样，如果当时放一些钱锺书的东西，中国的学生作文不至于像现在这样”。

◎靠骂人无耻到极地扬名的，在民国时代比比皆是，而完全靠骂祖宗扬名的小子只有这个时代才有。韩寒就是其中一个。

◎千万不能忘本，更不能去骂本。这是道义，也是中华民族传承数千年的精神支柱。谁一旦叛离这个精神世界，谁必将被众人钉在历史的耻辱柱上。

◎大师是不可以随便质疑和评说的，我们是没有这个资格的。

◎阅读大师和他们的经典作品其实是一个人的基本文化涵养。不喜欢阅读经典的人很浅薄很空虚。

◎亵渎贬低大师的价值的结果非常可怕，它的不道德性和危害性非常巨大。

◎不将老舍、茅盾、巴金等中国现代文学史上的名家当作家，甚至质疑起众名家的文笔来了。

◎对中国人公认的文学大师贬低嘲讽，伤害了一个民族的文学尊严。对文学大师心怀尊敬之心是一个民族的基本涵养，是一个文人的基本修养，我们为出现那样的错误、误导舆论的言论深表遗憾。

2008年6月21日

这篇在逻辑上很有创新的文章是在某网站的新闻评论上看见的，
标题是“韩寒瞧不起文学大师瞧得起徐静蕾”，
把我骗进去点击了。

伺候舒服为止

自由有限，禁止滥用。

首先，请您欣赏某诗人和时评员的文章：

瞧不起文学大师瞧得起徐静蕾

韩寒最大的“亮点”莫过于新浪网博客亚军的雅称！写作本文是笔者拜读其博客的唯一理由，之前作家韩东批评韩寒走的是野路子、完全非文学、缺乏对写作的诚意，读后发现此言不假。其中有一篇讥讽山东作协副主席王兆山《江城子》的文章，仅仅一个标题：幸亏没入作协。言外之意是瞧不起作协及王兆山，仿佛作协是藏污纳垢之地，王兆山是水货作家。殊不知其“幸亏所入的新浪博客”，却让一个玩不好文学的演员徐静蕾坐上了博客王的宝座，自己却甘居其后。如果博客王是余秋雨或余光中，韩寒他倒还可以炫耀一把，可偏偏不是。甘居徐静蕾之后可从未听其“炮轰”过徐静蕾文笔很差，现在，却“炮轰”老舍、巴金、冰心等文学泰斗的文章完全没法看。可见韩寒瞧得起的人只有徐静蕾，即使是老舍、冰心等公认的文学名家他也不放在眼里，更不用说王兆山了。

这篇在逻辑上很有创新的文章是在某网站的新闻评论上看见的，标题是“韩寒瞧不起文学大师瞧得起徐静蕾”，把我骗进去点击了。

我身边也有小朋友问，哥哥最近又说什么了？

小朋友没有读过三位老人的东西，我就跟他这么解释来着：你看，新中国的文坛和流行乐坛一样，有四大天王，老舍就好比是张学友，茅盾好比郭富城，巴金好比刘德华，冰心好比黎明。我觉得除了张学友唱的还行以外，其他人都一般，黎明的唱功最差。就这事儿。

小朋友觉得没有什么可以讨论的，就跑了。

其实把一些神化的符号弄通俗点，就是这样的。但最对不住的是陈丹青先生，因为我看到了一个网友留言：

不了解你要评价的人，你就没有发言权，你和陈丹青根本就没有把这些大师的作品看完，你们就根本不了解他们，你们就没有资格去批评他们。你们两个人就是两个80后脑残……

还有留言说，虽然说要言论自由，但是我觉得最近的言论有点太自由了，自由得有点可怕。居然有人可以随便对大师表示不敬。

关于自由，《燕赵都市报》还有让人叫绝的肖先生的文章，认为我和陈丹青“攻击人”，有违法之嫌一说，因为我们已经侵犯了别人的公民权，而且“滥用自由”。我第一次听见“滥用自由”这说法，原来在我国，一个读者在电视节目里表示不喜欢某作家的文笔，读不下去某作家的书已经是滥用了自由，大家可要以我为鉴，你就那么点自由，别滥用。

“我不同意你的观点，但你有说话的自由”，这放在学术讨论上，应该照常实用。但是韩寒如此“炮轰”文学大家，不得不让人思考，这个自由也不是无限的，电视是宣传为主，以这个宣传为主，不是学术讨论为主的电视，来说某个人怎么怎么不好，恐怕已经超出了学术讨论的范畴，有侵犯公民权利和滥用自由之嫌。

做个读者真难。大家拿起一本书千万记住，你是没有权利读不下去的，万一你真没读下去，你是万万不能说的，尤其是面对大师，否则你不光人格沦丧了，还可能违法犯罪了。据说法律面前人人平等，在我身上适用的，在你们身上肯定也适用。但是，这位时评家只想到了侵犯公民权益，最后，最狠的登场了，他也觉得，现在的言论太自由了，居然可以不喜欢大师，暗示我不读冰心是颠覆社会体制，已经犯下颠覆国家罪，对我封杀事小，枪毙才是王道。

国家对网络和韩寒这样的人监管太松，就应该尽早地封杀，让他们丑恶的言论烂在肚子里，永远不能见之于众，蛊惑人心！

言论自由了，可它总得有个度，像韩寒这样的人，如果在日本，早被砍了拉出去喂狗了。日本人的爱国是狂热的，我们并不一定要完全效仿，可像韩寒这样的人，居然在中国被当作偶像一样膜拜着，就有些奇怪了。我们最近关于余秋雨和王兆山的讨论多了些，其实他们对国家和社会并没什么危害，而韩寒的言论，对社会未来的信仰和价值观的培养，却不可小觑！倒不是觉得韩寒的威力有多大，只是鸦片的毒害远大于正面的说教，上瘾了就很难戒。

韩寒炮轰中国当代几大文学名家，表面上看似是文化领域里的正常争论，但仔细揣摩，他是想从根本上颠覆现有的社会体制。教科书历来被各个国家所重视，教材内容的选用是考虑综合因素的，其中最重要的一点就是国家利益至上。韩寒含沙射影地说了一大堆，无非是站在一个凌驾于他所处的这个国家利益之上，来制造他的影响，至于他身后更深层次的原因，或许只有他自己清楚。

在中国目前之现状，是没有文字狱这一说的，否则像韩寒这样的人，不知被枪毙了多少回。

此文最后一句话，我没感受到作者是在感恩时代和社会的进步，相反，我看到的是作者的无限惋惜和追思——唉，好好的文字狱，怎么就没了呢。

所以，听了大部分评论者们自己想象出来的“谩骂大师，踩踏大师，侮辱大师，颠覆大师，颠覆社会制度，颠覆国家”的罪名以及“危害民族”“忘本灭祖”“人性沦丧”的批评，对我提出“砍了”“封杀”“杀掉”“灭掉”“枪毙”等处理方法，我害怕了，我㞞了，我决定收回我说的话，投靠他们，并重新告诉大家：

那是上午录的节目，听说早上起来要喝水，所以我不小心喝多了，我说的都是胡话，其实啊，在我看过的所有的书里，我最喜欢的是巴金、冰心、茅盾和老舍的书，他们四个人的书我从来爱不释手。一旦三缺一，我就失去了人生的方向。巴金教我说真话，所以，我从来不说谎，你看，这不正说得欢么。我最喜欢《寒夜》，我愿意为你，忘记我姓名，所以我改名韩寒，以此纪念。因为张爱玲不喜欢冰心，所以我一点儿都不喜欢张爱玲。《色戒》我也抵制了。汤唯被广电总局禁了，我很高兴。谁让你跟错人呢？其实汤唯你还是有潜力的，如果当时你演的是《致小读者》里那可爱的小读者，就不会是现在这样子了。他们四人，尤其是冰心、茅盾和巴金三人，思想性就别提了，肯定正确，但关键是文笔还特别地好，这点尤其难得，我常常情不自禁就背诵了起来，我真希望不光小学语文书里让我们背诵他们经典的段落啊，更希望我参加工作以后，公司都让我们背诵啊。我多么希望，CCTV的百家讲坛里用四百集的节目对他们的文章进行剖析，这样，在我死后，就只盼坟前有屏幕，纵做鬼，也幸福啊。

因为以前说过，文学往往是政治的妓女，所以，像上文一样，我伺候得评论家们舒服不舒服啊？要不要我叫上陈丹青给大家也认个错，双飞更舒服……如果大家觉得我这样的服务很好的话，以后一直点我，我的工号是18万4531号，工号是有点难记，唉，没办法，作家里干这行的太多了……

2008年6月24日

大家都是没吃过肉的和尚，

只不过尝了一口卤汁豆腐干就已经有人流鼻血了。唉。

没头脑还不高兴

昨天是徐浪的头七，徐浪出事以后，我心情非常不好，加上自己收养的两条小狗得了细小冠状病毒的交叉感染，很危险，不断地去宠物医院，也很难过。人有处理悲伤的不同方法，有人喜欢哭，有人喜欢吃，有人喜欢找事做。要感谢很多涌现的专家、评论家、时论家，陪我玩，是你们让我分散了注意力。昨天小狗摆摆出院了，该说的我也差不多说了，在这里做一个总结吧。

其实，这是一件正常不过的事情，我和陈丹青以一个读者的身份，表示各自不喜欢读某些作家的书和喜欢读某些作家的书，而不喜欢读某些作家的书是因为他们的文采不好。

有人说，不带这么文学评论和学术研究的……我可不想做什么文学批评和学术研究，这就是我的个人喜恶。有人说，无知虚妄小儿，你言下之意是你要比大师们写的更好，要不怎么敢说他们不好呢。我很奇怪世界上怎么会有人这么想问题，你觉得这个奶不好喝是因为你挤出来的奶更好喝？你觉得这个蛋不好吃是因为你下的蛋更好吃？

所以，我只是向大家说，“NOTHING IS IMPOSSIBLE”，这是件励志的事。你所有的判断，所有的喜好，不应该因为对方是所谓文学大师而有所屈变。对于我而言，只是告诉大家，我有权不喜欢他们的作品，我也有权认为他们文笔不好，我有权把这个说出来，当然，大家有权支持我，大家也有权不同意，大家也有权来骂我，大家也有权在弄不清楚这四个人谁是谁的情况下坚持认为这四个人就是不能质疑。

我只是惊喜地看到，原来这三老还有这么多的粉丝呢，而且这些粉丝很怪！人家李宇春周杰伦吧，粉丝多，但是你不喜欢他们的偶像，人家顶多骂你两句，但你如果不喜欢三老粉丝的偶像，人家还给你治罪，给你往反人类和颠覆国家的份上推。最可笑的是，这可能是全世界最不了解和最不喜欢自己偶像的粉丝。现在这么多人骂余秋雨，但如果此时，冰心和余秋雨同时出本新书，我怎么觉得还是余秋雨的书要多卖很多啊？倒不是说谁书卖得多谁就是写得好，但我只是会纳闷，这么多的粉丝去哪了？大家都说粉丝如何讨厌，可我觉得真粉丝其实还是很可爱的，至少比“口贩子”要可爱很多。

在评论里，我能分清楚哪些是网友的气话和怒骂，哪些是评论家发表的文章。至于前者，你是不能用于参考的，他们把你骂成各种东西，但你真让他们去读巴金、茅盾、冰心的书，他们还不乐意，他们也未必喜欢，他们只是看你不顺眼，他们还是有头脑的，他们就是不高兴。这其实也是可爱的。但是某些评论家的文章就让我感到，以前，没头脑和不高兴是两个人，但他们，是没头脑又不高兴啊。

没头脑又不高兴的人们的心理是有问题的。其实，他们也未必有多么热爱这三位作家，但在当今的社会环境下，仅仅是说了一句冰心的书读不下去，他们就已经呼吁，言论太过自由了，以至于颠覆国家和社会制度，蛊惑人心，影响人格，得收一收了。国家在进步，怎么总有人打着国家的名义逼它倒退呢?

最近，我看到了一些上纲上线到了极限的人，他们心里其实对以文字和言论治罪是偷偷抱有情结的，对煽动动用国家机器来铲除异己是怀有兴趣的，他们在享乐的时候，希望国家像现在一样开始开放富强，但他们在听到让自己不悦的声音的时候，又希望国家回到几十年前甚至几百年前那样，好让他们有借刀杀人的机会。可是呢，可是呢，真要回到那时候，就你们的这永恒的几下子，和永远不想着自己先藏把刀，而是要向别人去借把刀的固定思维，以及连让刀的主人都汗颜的智商和逻辑能力，谁倒霉还说不准。所以，别再怀念和想回到旧时代了，没头脑又不高兴的人们，带着你们的小脑袋，走在新时代吧。

最后，最让我没想到的还是在这个大家一直是收着说话的国家，已经有人感到言论自由得过度了。其实，大家都是没吃过肉的和尚，只不过尝了一口卤汁豆腐干就已经有人流鼻血了。唉。

2008年6月25日

标题党也是党，无论何时何地，都在领悟党的精神，

这就是职业作家的职业风范。

领悟

最近说我要去参加一个网上的文学比赛，和三十多位作协副主席（好多主席）一起PK，并在网上推出我的新小说。其实并无此事，我本人根本不知情，今年内也没有什么新的小说要出版。

我对写东西没有多大的兴趣，不存在看别人写自己手痒的可能。

刚才有记者打电话问我，说某主席说，如果他是我父亲，下一秒就把我掐死，这个你怎么看。

我说，这话一定有个上下文和某个语境，这一定不是那个人的独立本意，你们骗不了我。

然后他问我，你觉得这样的活动好不好。

我说好，因为中国什么资源都很稀缺，唯独这个资源很充裕，一次我坐飞机，突然听见空姐对我后面的人说，主席你好，主席要喝点什么。我吓了一跳，我以为自己和国家领导人买了一班飞机的票，后来想想不对，站起来特地看了看我上的是不是民航客机，往

后偷偷一瞄，发现没上错飞机，后来听到这也是某个协会主席。中国作协应该有百多个主席，平时赋闲，你突然给他们整个事，从活动筋骨和延年益寿上来说都有很大的意义，而且事实证明，平时一直讲究领悟各种会议精神的老同志们还是不错的，平时看一期《人民日报》，就能领悟出什么该写、什么不该写、该怎么写、写到哪种程度。很快就有人创作出了《从呼吸到呻吟》这样的文章。他已经领悟了网络上"标题党"的精神。

现在是和平年代，才能容得一些其他作家蹦跶，作协还是厉害，这次都没出动正主席，一旦中国再有个什么运动，他们才是真正的运动员和幸存者，别的三教九流肯定就歇了，因为你们不懂得领悟。

2008年9月19日

你明明就是郑主席，但却还是个副主席，

这对不起你的工作，对不起你的名字。

只有郑正主席才配得上你，不要怕，正正是不会得负的。

副主席郑主席

以下是河南省作协副主席郑彦英先生的文章：《人不能无耻到信口雌黄》。

昨天来太行山途中，《大河报》记者来电话采访我，说韩寒说我在网上与全国30位作协主席一起参加的小说联展，我的《从呼吸到呻吟》是标题党，今天早晨早起，看了韩寒在网上的话，感到很惊讶！

1. 韩说我们这些老作家都是靠领悟文件什么的才开始写作，未免太武断，不了解这一批作家不要紧，不要随便给他们下定义，一个轻浮到这种程度的人，肯定连他的父母亲想什么做什么都不知道。当然，他的父母健在不健在，健康不健康我不了解，正因为我不了解，我不会说他的父母自在哪种生活状态。

2. 韩说大赛中没有作协主席，张笑天不是吗？起码看一看名单再说话，狂妄自大到连认真看一眼名单都没有的程度，就对这次大赛妄加评论，太自以为是了吧？

3. 我过去常在网上看年轻一代的作品，包括韩寒的，我喜欢他们的新锐，他们作品中的一些不尽如人意的地方，我从来没说过，因为我知道他们终究要长到我们的年龄，那时候他们就会很成熟。但是韩寒根本没看我的作品就把我的小说定为标题党，未免太轻率吧。

郑先生是对国家有突出贡献的专家，河南省省管专家，享受国务院特殊津贴专家，获得过冰心文学奖等多种奖励，同时也是河南省文学院的院长。

虽然郑先生是副主席，而且河南省有十二个副主席，但他在名单上是排在正主席之后的第一人，所以，他将是现在河南省作协正主席退位以后的河南省作协正主席。我相信郑先生对正主席之位还是有想法的，你看他文章中的第二条就能隐约透露出他的想法。

所以，首先我要承认自己的错误，居然看漏眼了在你们的名单里还有一位堂堂的正主席张笑天先生。我的确太狂妄自大，没有认真看你们的名册，没发现你们的正主席，臣罪该万死。

臣斗胆说两句，郑先生说，他们这些老作家不是靠领悟文件才开始写作的，那是当然，要不您不就变成新华社的评论员了，您是作家，酒肉穿肠过，文件在你心。你们是在写作的时候时刻领悟着文件。别人我不好说，但郑先生肯定记得，您在转业的时候，被河南省委组织部选为笔杆子，然后到了省委《党的生活》编辑部工作，当然当然，这是无上的光荣。您还是灵宝市副市长，《三门峡日报》总编辑、社长、党委书记，您说您不领悟，我实在不能领悟。

但我还是得教教笔杆子文章到底应该怎么写，至少上面那篇文章，有不少地方可以改进。首先，文章的官腔太浓了，写文章和写文件还是有区别的。其次，“一个轻浮到这种程度的人，肯定连他的父母亲想什么做什么都不知道。当然，他的父母健在不健在，健康不健康我不了解，正因为我不了解，我不会说他的父母自在哪种生活状态。”这种话是很没有意思的，你可能觉得拐着弯骂人很有意思，但你的弯也拐得大了点。在赛车中，你这种拐法是弯道中最没有技术含量可以全速通过的“假弯”，可能你技术差，所以假弯也拐得很吃力，过了假弯很得意，你图了自己一个精神愉悦，但是很容易成为全文的败笔。

至于你的第二条，前面就已经说过了，这是一个省作协副主席对一个国家作协正主席的马屁，说到这郑先生肯定急了，你这个无知轻浮小儿，我说的那个不是中国作协主席，张笑天那是吉林作协主席，实在是不好意思，一个省十几个副主席一个正主席，全国好几百个作协主席，我实在是搞不清楚。

还有第三条，我实在是见过了很多次，作为写手，虽然我们年龄不同，却是平级的，我不敢说自己是作家，但如果真的以作家论，你要比我低级，因为你是国家豢养的。假若税收的取支都是在一个领域内，那就是我交给国家的税发了你的工资。所以说，我是你的衣食父母，你怎能写文章说你爷爷奶奶不好呢。有人可能会说，公务员和领导的工资也是由别人交的税组成的，难道纳税人要大过他们？当然应该是这样的。

纵观整篇文章，你非常急躁，情绪波动大，动怒太多，芳心方寸同时大乱，明显沉不住气，心态也没调整好，我给你的评价只能是待定。

2006年在中央号召大力建设社会主义新农村的大背景下，你领悟到了，出版了科幻读物《郑彦英诗语焦墨画——乡村模样》，在你的文章中，中国的农村无不是一幅和谐的大好景象，男耕女织，衣食无忧，官民一心，繁荣富强。

该写的写，不该写的你永远不会写，你领悟得很好。我看好你当选下届中国作协主席。你明明就是郑主席，但却还是个副主席，这对不起你的工作，对不起你的名字。只有郑正主席才配得上你，不要怕，正正是不会得负的，你的位置稳得很。

2008年9月20日

驯化基地不是最可怕的，最可怕的是孵化基地。

驯化和孵化

因为老作家写文章讲究修改，老干部做事情讲究修正，所以在郑主席的博客里，文章已经有所删改了，由一开始的删评论也改为关闭评论了，因为观者甚，也加上了他自己写的文章的链接。其实这反而让人感觉心酸，有时想来，他们也身不由己，我想任何作家其实都不希望如此。另外，赵女士的文章我就不回应了，因为她是女士。上次在说新诗的时候已经说了几句另外一位赵女士，至今深感后悔——和女士不打笔仗。当然，我看到赵凝女士文章里一个留言，留言说：铁凝？好像你还是所谓的大作家了。不过，看你这篇东西写的……在此还要请读者们不要凝视错人。

作家，其实在任何合理的社会里，哪怕和谐的社会里，都是让当局头疼的人，因为无论当局做得如何出色，必然会存在当局利益和人民利益冲突的地方，毕竟当局就应该是物业公司，人民就是业主。如果作家们不用当局费心，甚至很讨当局欢心，那一定是有问题的。很多时候，作家是关心民生疾苦，鞭策监督当局以及驱动社会公平进步的一个重要力量。虽然，你可以说，不是每个作家都想写这些，家各有志，我就是不关心世事，就是喜欢风花雪月，你奈我何。话说的是，但你一个言情作家为什么非要挤到一个和政治息息相关的协会里去风花雪月呢。所以说，这么多年，作协等艺术家协会一直是驯化基地，它早期还掌握一定权力，并妨碍了真正艺术的发展。这是多么奇怪的一个组织啊，它吃进去的东西和政治息息相关，它排出来的东西和政治却毫无关系。

但是，社会总是在进步，有些东西应该淘汰，很多东西是我们向前苏联学习的产物。如果不淘汰这些东西，那不妨我让大家看两句话：

苏联就是我们的榜样。

苏联的今天就是我们的明天。

有朋友要说了，你真反动。这可不是我说的，这是党在五十年前自己说的，我只做了引用。所以说，该淘汰的还是要淘汰。但是今天想来，既然作协是一个驯化基地，已经有一大批人在那里，我们只当他们是会员就可以，不必当他们是作家，只是一定要给他们的余生一个饭碗，毕竟没有功劳也有苦劳，就把他们全都算作高级新华社评论员就好。或者像我以前说的，完全改革成妇联那样的组织，为作家寻求福利，打击盗版，联手抵制不法书商。

我觉得当今的作协应该自觉不要再吸纳新的年轻会员，尤其是那些初中生、高中生、大学生之类的，留下郑主席这样的主席们和会员们自顾自附庸风雅就可以了。驯化基地不是最可怕的，最可怕的是孵化基地。那可真是比基地组织还恐怖啊。

2008年9月23日

照片被大家看见了，以后你的偶像就和你坦诚相见了，

所以，你比别的粉丝幸福。

摄影年

2007年是摄影年，它引起了群众对摄影艺术和技术的巨大兴趣。周正龙事件让我们很失望。

不过，在岁末的时候，香港娱乐圈出手相助，成功地转移了很多受灾群众的注意力。关于陈冠希那些照片，讨论它们真假是没有意义的。当然，我所谓的没有意义是——这还用讨论吗？但是，我们得明白，这件事情里，错的是那个发布者。涉及了他人隐私，你是不能做得这么绝的，这要是我，得到这些资料，肯定是自己看过一遍以后就还给当事人了。

作为粉丝，其实大可不必对自己的偶像伤心和灰心，事到如今，所有的事情都要向着宇宙和积极方向去想。首先，作为你的偶像，这事是没有错的，偶像也是逼出来的，所以，如果偶像他妈和偶像他爸没发生照片里的行为，那也不会有了你偶像。有的人确实喜欢留下照片和视频做文献资料，这也是性生活中正常的情趣，不

是变态行为。其次，照片被大家看见了，以后你的偶像就和你坦诚相见了，所以，你比别的粉丝幸福，应该更加支持你的偶像才是。

2008年2月1日

编者按：2007年10月，镇坪县农民周正龙用数码相机和胶片相机拍摄的野生华南虎照片由陕西省林业厅公开，2008年6月，政府宣布虎照造假。

现代诗一首：
周正龙的反义词原来是陈冠希

一个是假的，但希望大家都认为是真的
一个是真的，但希望大家都认为是假的
他们该是多么羡慕对方啊

2008年2月1日

现在想来，幸亏没有在第一时间捐5000，
要不然现在还不被人笑死。捐了钱还留下一生的污点。

捐款不是喝喜酒送红包

不断有记者和读者给我打电话，问我捐款多少。在地震最早时候，中央台记者说，暂时没有人员伤亡，成都市容市貌还在，我就觉得这个震级是会造成巨大损失的。当然我没想到会这么大。当时我就考虑先捐款5000元，因为我的卡在外地取现金的权限只有5000。现在想来，幸亏没有在第一时间捐5000，要不然现在还不被人笑死。捐了钱还留下一生的污点。

其实我觉得这个风气不是很好，一些明星的粉丝都在希望自己的偶像多捐，贬低捐得比自己偶像少的人。包括作家都是这样，最近还有电话问，应该捐多少，有个什么样的标杆。感觉就像喝喜酒送红包一样，这样真的让人……包括好心捐款者觉得很不舒服和变味。而且设一些标杆以后，其他少于这个标准的人很容易被人觉得小气或者道德出现问题。作家和车手的收入都比较少，为了避免给建立作家车手捐款标杆添砖加瓦，我个人宣布我直接向相关部门捐

款0元。

当然，我还是要向那些捐了很多钱的作家表示敬意。于丹、易中天、池莉、郭敬明、刘和平、余秋雨等都是非常好的榜样。不过其他作家量力而行就很好。

今天很快写下这些文字，错别字也不纠正。那些在网上攀比来贬低去的真让人非常反感，包括那些捐款者也是这样感觉。你们至少还有空上网呢。其他情况别人都已经说很多了，我匆忙写下这些题外的感受。

这次的确很困难，应该比当年的唐山还要困难，而且救援区域也存在比较大的危险。在北京场地赛完了以后，牛博网老罗给我电话说要去成都，我当时也正在研究要不要去，于是马上就一起去了。我会直接把钱花在刀刃上，也已经在四川待了两天。我觉得人手不够，又从北京叫上两个朋友带了一些装备过来。我们避免救人不成反被救，我们不添乱不添堵，在现场考虑怎么样能提供一些有限的帮助，因为是从北京出发，没有从上海家里出发，所以感谢在北京的徐静蕾、梁朝辉等朋友提供的一些装备，感谢上海大众申蓉汽车提供的汽车。我的读者也不用向我捐款，我的钱还够，维持一个小的团队还没有问题。我走后也会将卫星电话等物资留在灾区。我们上午放弃了营救困在银厂沟的一名作家的计划。经过考量我们不具备那个能力。希望救援队和吊车早日到那里，道路早日打通。

成都已经非常缺水，一些谣传导致成都市民大量囤水。作为离灾区最近的大城市，希望在正式辟谣以后，市民可以把自己囤的水捐往灾区。也希望大量的水可以到成都。

就此。

最新的更新：

1.这里需要帐篷，整个成都已经没有帐篷，成都部分害怕余震的市民也在抢购帐篷，灾区更加需要，因为按照现在的情况，相当多的人应该会在帐篷里度过相当长的时间。我没能在成都购买到帐篷。所以如果有帐篷的可以准备一下，地址我晚上公布给大家。谢谢。

另外成都市区也已经恢复供应瓶装水，说明物流还是很及时。

2.大家尽量不要往灾区来。一方面的确存在一定的危险，很多灾区水库都悬在头上，有形成山洪可能性，路上也有泥石流和山上落下的石块，余震依然频繁，而且大灾后可能会有疫情。另外一方面交通已经管制，人都来容易添乱。当我觉得自己在添乱的时候我就会回来。

3.我个人会将捐款直接在当地转为物资，由在北京的老罗等朋友负责落实到具体的地方。我也会注意什么物资比较匮乏，但我在当地没有办法解决的，比如帐篷之类，到时候就需要大家的帮助。

2008年5月16日

编者按：2008年5月12日14时28分，四川省阿坝藏族羌族自治州汶川县发生里氏8.0级地震（汶川大地震，也称2008年四川大地震），地震造成69227人遇难，374643人受伤，17923人失踪。

如果做了善事还要备受一些什么都没做的人指责，

好人会越来越少，做事的人会越来越谨慎。

再见四川

在地震发生后的48个小时，我从北京赶到了四川成都。

在此之前，事实上，我已经用自己的方式进行了一笔捐款，然后在博客上宣布，以我名义向相关部门的捐款为零。我要直接去灾区尽一点儿力气。

这里的情况非常惨重，我也没有什么时间上网看大家的百态。

我不太方便把话写得太详细，因为担心会对前期的踊跃捐款有负面影响。我不愿意向“相关部门”捐款的原因，除了账目的不透明，还有很重要的一点，那就是红十字会所收百分之十的管理费，很早很早以前我研究过这个，当时是百分之五的管理费，但是到了成都以后一个朋友告诉我是百分之十五。我很吃惊，但一时没办法求证，去掉一个最高分，去掉一个最低分，姑且认为是百分之十。所以，在成都和几个朋友自己运输物资的时候，我一直在说，如果有三十亿的捐款，那就有三亿多的管理费。一方面在世界范围内，这个管理费都偏高，另外一方面它已经隶属政府部门，拿政府工资，按理不应该收取这么高的管理费。

幸运的是，在一定的压力下，红十字宣布这次不收取任何管理费。这是好事情，而且我相信这次善款的使用一定比以前更加透明。我在运完物资回成都后，一直在打红十字的主意。虽然我们去过红十字的现场，那里每个人也的确非常辛苦，但我想毕竟灾情和捐款都是巨大的，我小人之心不可无。我在门口观察了几次他们物资的运输和一些流程，甚至在打一些违法监督的主意。现在既然媒体和舆论都已经介入到了监督中，而且他们也已经表态，接受审计和零管理费，我想，这次应该没有什么大的问题了。大家都是好心，我相信红十字的工作人员也是如此。我希望他们在这次赈灾中自己也有巨大的进步。

在四川的这几天里，我深觉自己能力有限。每天运几车的物资也是杯水车薪，而且急需的物资越来越难以买到。因为这次的受灾面积太大，救援和运送物资的难度也太大。有种无从下手的绝望。最近的聚源镇中学，死亡近千人，就是学校质量的问题，因为附近没什么建筑物是倒的，哪怕是以前被评定为危房的楼都讽刺性地没倒。我相信，这些都会被秋后算账。

第三天，口碑一直很好的成都置信房地产公司愿意出资1000万为灾区建三所地震震不倒的学校。李承鹏、黄健翔和我再各出20万的钱款和物资，担任三个学校的名誉校长。能促成这件事，我们三人都觉得很欣慰。

另外，要感谢华硕电脑公司和李伟先生个人，听到这个消息后愿意为学校捐献100台华硕的EPC便携电脑。

也要感谢郭妮，知道这件事情后她说很难过，她的很多读者都是这个年纪的孩子，她也要捐款50万来建一所学校。我觉得她是个很好心的人，每年的收入都是一本书一本书写出来的，可能是全国写得最辛勤的作家，我让她少捐一点。大家记住郭妮这个女作家，她本来是要捐款50万的，应该是中国作家中最高的。据我所知，这是她身边的绝大部分积蓄。但我一定会劝她少捐一些，有不满的人骂我就得了。

另外一件让人很欣慰的事情是，我的唱片公司环球天韵也帮了很多忙，很多上海的物资都是他们帮助收发的，而且他们也捐了很多的物资。谢谢我的很多读者或者非读者的好心人，我还没来得及详细统计，但你们一共为灾区捐献了将近一百五十箱，三四吨的物资，大约有几十箱的药物、上千只手电、近五百顶帐篷、很多睡袋和五万多个口罩，还有好几千件其他的生活用品。

等过几天，捐款者的物资和名单出来以后，我会在博客上公布。这是你们的功劳，不是我的功劳。谢谢你们的好心，你们至少让好几千人不用风吹雨打，让几千救援人员和灾民有光明和药物，让几万人有口罩。而这只是来自上海的一点力量。

寄往另外一个库房的全国读者的物资我还没来得及统计。

昨天有朋友说，有文章指出我的行为是违法的，属于私募物资。我想，为了避免麻烦，本人也能力有限，谢绝了所有让我转交的捐款。没想到号召大家捐点物资，给红十字省点运费也有人要追究我的法律责任，在此我愿意接受公安部门的调查。另外，有好心人能给他捐一个口罩和一卷胶带么?

还要感谢上海大众333车队，我本来17日有一个给经销商做的开车表演的活动，但是我16日在山里，可能回不来，所以车队和青岛的观众很理解我的缺席。车队也打算为灾区捐献一所学校。

另外要感谢陈辰女士，提供了很多的物资。

也要感谢何东先生，提供了很多的物资。

前两天，梁朝辉也带着时尚集团的物资过来。他们打算在这里捐款百万。

也有朋友过来看一下各个县城，打算在这里建一所孤儿院。

谢谢我的贴吧里和一些网站里读者所捐献的物资。

谢谢在这里帮忙的廖拟和李磊。

很多朋友发短信问我，这里缺什么，他们马上能运过来。在此很感谢。

16日，政府开始号召志愿者不要私自开车往灾区。这下很多闲人高兴坏了，很多好心的志愿者被冷嘲热讽。我想，那些闲人没有在前线，根本不知道这里的情况，也根本搞不清楚北川和汶川的关系。映秀等重灾区道路的确只有一条，要为救援让出空间，志愿者都很自觉地把物资放在捐赠站，而成都通往什邡、江邮、都江堰、绵竹、绵阳等地的道路情况都非常好，高速六车道，国道六车道，四川是个富有的省份，交通建设很发达，虽然路上能看见的都是志愿者运送物资的车辆，但事实上，道路还非常空旷，和半夜的上海外环线差不多。灾情非常严重，政府和红十字的力量在一开始根本照顾不周，起先，很多的物资都是由成都的志愿者送去。而且他们可以知道灾区最需要什么，第二天再送过去。

闲人们哪会知道，16日的灾区很缺卫生巾。当然，很多成都人都在17日送去了卫生巾。我没好意思买，我实在不好意思跑到妇女中去问，你们要卫生巾吗？

在此，我特为志愿者平反。成都市的民间救援力量，在政府部队主职救人，红十字忙不过来的时候，承担了很多灾民的需要。矿泉水甚至在很多地方都囤积了。这些都是民间的功劳。因为药物比较轻，可以一次背更多，而且可以救人，所以我们几人在徒步去送药的时候，喝完了所有的水，到达目的地，甚至有灾民问，你们要水吗?

四川的确是天府之国，而四川人天性也非常乐观。在此过程中，很多灾民的叙述甚至还带有幽默，我想，这会帮助他们从灾难中更快走出。

而地震的威力确实巨大，有灾民对我说，你爬到我的屋顶上，看眼前的山。本来站在这里是看不到这座山的。有两个老太婆在山上对话，地震一过，两人就隔开一百米了。

部队和救援者的条件也要比我想象的艰苦，甚至海军陆战队的装备也没有以为的那么充裕。他们的确把这里当作战场，很多医院接受治疗的都是军人和救援者，因为工作强度太大，他们甚至都开始抽搐，而军车和警车的喊话也会在最后加一句谢谢，这是我在北京听了至少一万次的特权车喊话中所没有听到的。

具体的我就不说了，CCTV会说的。地震中大家都很尽力。相比之下，我们几人是非常轻松的，至少大多时候，晚上还可以回酒店睡觉。而真正前线的人工作强度和态度已经仿佛有宗教信仰。我是一个经历过长途拉力赛和很长时间体力死扛的人，也是长跑运动员和职业车手，而这几天吃喝睡觉基本能保证，但光是接受物资，就已经觉得非常累，所以很多在第一线的志愿者和工作者，大家可以想象他们的辛苦。

我的朋友老罗也非常辛苦。我和牛博网的老罗他们一起来成都，第一天到四川，上海的朋友说有一个作家被困，希望我去救援，有具体的位置，所以我们就从此分开行动了。我虽然不认识那作家，只是把他当作一个有具体坐标的需要救助的人。赶到那里前他已经被救出。老罗一行等人一直在购买各种物资直接设立发送点，那些地方都在深山里，政府部门的物资救助力量还没有具体到那里，在那儿很多人甚至一家子每天只有一瓶矿泉水。老罗等人把捐款都转化为直接需要的物资，通过当地的村长发送。但是前天他们的账号被公安部门封了，他们中有些人也直接被带走审问。虽然会有很多人借机诈骗，但按照我的认识，老罗他们把所有钱都花在灾民身上，机票都是自费的，而且不收管理费。我完全信任他们，所以也成为了发起人之一。希望他们的事情早点解决。我也看到很多人对他们冷言冷语，我想，这些都是对好人的打击，欲加之罪可以加在敌人身上，不要加在好人身上，如果敌人是好人，也不要加这些。我们的社会氛围总是乐于摧毁和改造好人。希望他们早点解决这个麻烦，里面也有人因为信任我而捐款。包括那些说他们——或者我本人，会拿回扣或者私拿物资的笨蛋，我的确会私拿物资里的卫生巾塞他们嘴里，还是用过的。你们有这么多的闲置力量，怎么就不出力呢?

另外，我还想继续说一个事情，我依然坚持我的向有关部门捐款为零，这是个人的选择。我也依然非常反对逼捐和搞捐款的排名，很多人在背后冷言冷语，有些个人和公司出于善心，追加了捐款，那些人就自以为是自己的功劳，并把这些钱下意识地记在自己的账上。他们都是道德的小人，自己制定道德的准绳。在大家都忙着做善事没空的时候，他们闲着，指指点点。我朋友说，他发现这些人都喜欢重复发言，反复变换马甲，在各个地方说一样的风凉话，足以见得他们是闲到一种什么样的程度。他们体力和脑力都非常充沛活跃，网监部门应该把他们登记在案，以后有灾难的时候派他们上场。

前一阵子盛传的肯德基没捐款，麦当劳没捐款，我当时就和朋友说，首先，他们如果没捐，也不应该受到指责，这是他们的权利，其次，肯德基可能是以百胜的名义捐的。因为这些我熟知的国际快餐都属于百胜集团。事实证明，的确是以百胜集团的名义捐款了一千多万，麦当劳也是。但是，一些丐帮人员居然在某一个城市，去肯德基麦当劳门前闹事，这才是添乱和丢脸。

一旦捐款变味，会让做善事者心里很不舒服。比如这次地震，第一批捐款的人应该是最积极的，但到最后，他们都会因为数额少而被人骂。很多人也会借机对自己不喜欢的人传播谣言，这些都是对好心人的打击。

等下次有大灾难的时候，当大家惊奇地发现，所有明星的捐款和所有企业的捐款都是一个统一的数字的时候，逼捐者就知道自己当年有多傻了。

做善事者，内心一定要得到宽慰，如果做了善事还要备受一些什么都没做的人的指责，好人会越来越少，做事的人会越来越谨慎。

在成都已经将近一周了。我想说，我几乎把成都当作了自己的另外一个家乡。四川人都很乐观可爱，也都很热心。四川姑娘也很漂亮，只不过这次实在没空深入地了解。虽然是大灾难，但他们的乐观都是我所喜欢的。所以他们能更快地振作。

到时候学校或者我朋友们捐的学校建成后，希望有读者可以志愿担任教师。这个地方其实不像大家想象的那样，所以不要叫“希望小学”，在地震前，这里是很闲适的。

希望聚源镇中学的废墟不要拆除，直接改为地震纪念馆，这是离成都最近的悲惨地方，高速公路下来直接就到了。这里裸露着偷工减料的钢筋水泥和违章加盖的一层，以及建筑中我们不知道的层层回扣是很多事情的缩影。这就是结果。

这里已经渐渐安全了，我相信灾区后期也会像这里的人一样乐观。很多问题会被算账，很多问题也会慢慢久病床前无孝子，但总是比国家其他悲惨的地方会得到更多重视。而且，这始终是一场巨大的悲剧。事实上，情况要比CCTV说的悲戚得多，CCTV的现场记者想必自己也清楚，也没有那么多的温馨和感人，更多的是凄惨。我想，我们再不能用胜利来形容大规模死亡的灾难了。胜利是用于战役的，伟大的胜利是用于战争的。这些自然灾害，除非一个人没死，要不然就不能叫胜利。

今天，我居然在×××地区和××地区看见了×××、××和××，旁边也有记者，还好我戴着口罩。我想，差不多越来越多的社会名流们要到这里来演出和慰问了，我也该走了。

回到上海后，本人不接受媒体关于此行的采访，也不写任何相关文章和作品。谢谢大家。

另附资讯一条，现在需要大量的志愿者了，各行各业有一技之长的人，可以联系你们当地的民政部门。谢谢。

2008年5月22日

这帮其实根本就不为死难者哀伤的震后道德流窜犯总是不忘挟持死难者来对自己看不顺眼的人进行欲加之罪，一边假惺惺替死难者愤恨不平，一边恨不得地震再多死一些人，这样他们行事起来也更加方便有效。

红白来的狗

在四川的第六天，我带一个从北京来要花一百万捐赠孤儿院的朋友去重灾区选地方，我说，有些地方受灾很严重，但是名气不是那么大，相对受到关注少点，你们应该去这样的地方。最后，我们到了红白镇。

到红白镇是傍晚，那里已经是一座空镇。要离开时，发现在原本镇中心的十字路口有张椅子，椅子上放着一块牌子，上面写“救灾物资接受处”，但是因为已经没有任何人，所以也没有任何物资在那里。椅子旁边一直端坐着一条小狗。

我朋友过去喂了它我们带的最后一点儿牛肉，小狗吃得太急，结果把以前吃的全给吐了，我想，这下得不偿失啊，亏了。正想着，这狗就把自己吐的又全吃了。虽然恶心点，但在这个时期，大家都为它有这个认识而高兴。

我们给狗留下了点吃的，打算回成都。小狗跟了我们几步，看我们要上车，又走到了救助站的牌子下孤零零坐着。

我说，带回上海吧。

把狗隔离着带回成都后，马上去宠物店检查了一下。一开始我都不敢说是灾区捡来的，怕人嫌弃害怕会传染点什么病。检查下来一切都很正常，没有传染病，没有细小（细小冠状病毒的交叉感染），没有犬瘟。就是可能从废墟里爬出来，走路喜欢匍匐。当天晚上，成都发生了最大的余震，整个成都竖立的啤酒瓶估计全倒了。

第二天，因为我们还有药物和一批帐篷想分发到具体的受到照顾比较少的偏远村落，所以要把狗寄放在一个地方。我们发现住的旅店的正对面有一家人家养狗，就把狗交给了那里帮忙养一天。那家人的大狗刚生下十一只小狗，母狗因为地震给吓死了，所以女主人正自己用奶瓶喂十一只小狗。男主人说，养着没问题，但如果再地震了，我这个房子塌下来，把狗压死了，我们就不负责了……

出发前，女主人追上来问，这狗叫什么名字，我好叫它。我们说，还没想好。

女主人不假思索道，就叫震旺吧，希望地震过去后大家能旺一些。

在车里我琢磨着，叫震旺不好吧，很容易被别有用心的卑鄙小人作为攻击的托词，这帮其实根本就不为死难者哀伤的震后道德流窜犯总是不忘挟持死难者来对自己看不顺眼的人进行欲加之罪，一边假惺惺替死难者愤恨不平，一边恨不得地震再多死一些人，这样他们行事起来也更加方便有效。另外，震旺这名字听着也像阵亡，不吉利。但晚上回去后，这狗已经认定自己叫震旺了，一叫震旺就匍匐过来。

后来我把这狗寄放在一个宠物店，让店里的人先养两周，等小震旺身体状况稳定，打过六联针办完防疫手续后空运寄回上海。我每次打电话给店里，店里人都说，好得很好得很，还有不少人要买，听说是灾区带来的，来店里的人给它吃的都特别多，而且都买了店里最好的狗罐头喂的，现在胖得很，圆得很。

前两天，我终于在浦东机场接回了震旺。

在我们从红白镇带回震旺的当天晚上，新闻就发布说，灾区开始捕杀所有没有主人的狗。虽然在灾难中，狗从来都不是传播疫情的物种。如果以后经济和土地上有条件，等我自己活得不再像个流浪狗的时候，我想在上海办一个收养和供认领养流浪狗的地方，只要别亏损太多就行。那些狗是更加忠义的，动物，有的时候更需要帮助。到时候，震旺就是形象代言狗。

2008年6月10日

我还是这个态度，人家跟你争的都是实际的利益，

你只会跟人家争一口气。

不要动不动就举国暴怒

今年是个是非很多的年份，我们的国民也随之暴怒了很多次。当然，很多时候我们不能对内暴怒，所以绝不放过任何一次不需要付出代价对外暴怒的机会。

当时我听到莎朗·斯通的言论，也觉得没有人性，觉得她根本没有弄明白佛教里业报的意思，因为我翻开国内所有的媒体，我只能看见“我想这就是报应吧”，还有“这很有趣”，还有一张广泛流传的采访视频的截图“我想这就是报应吧”。

到后来我才在香港媒体的视频中看到了她的全文，其实根据她的原话，我们是不至于举国愤怒的。这就好比媒体问你，你对印尼的海啸有什么看法，你说“印尼人民对我们不好，所以，一开始，我很高兴，我认为这就是报应，但是后来，我看见海啸的惨状，我的朋友也对我说，我们应该去做一些什么，我一想，然后哭了，我就认为我开始的想法是有问题的，这对我来说是个很大的教训”。

结果第二天，你发现除了原始的媒体以外，其他的媒体只采摘了你的两句话，就是我很高兴和我认为这就是报应，你作何感想。

我认为，这其实也是一种不人道主义。首先，的确是我们国内的很多媒体只报道了她的两句话，刻意引起了一开始包括我在内的愤怒。其次，我们不应该有这么大的关注，在意她究竟说了些什么，但我们就是付出了这么大的关注，因为这是近期夹杂在很多不好的消息中的唯一可以让人发泄情绪获得快感的。她究竟说了什么，这不重要。但是，在地震中，我们那么重视生命，哪怕过了理论存活的时间也不放弃，能救一个就救一个，那么，对于这个至少还知道反思自己的外国人，为什么一定要将她推向对立面去，而不是能救一个就救一个呢?

人道主义不应该只面向自己的同胞，当然，在同时受难的时候，我们应该先帮助自己的同胞，但真正的人道主义是对所有生命的，哪怕是一条狗。说实话，当年日本和印尼受到重大灾害的时候，我也想到过“报应”一词，我相信，各位看客中想到这个词的人应该不少，包括国内的很多主流媒体面对美国飓风的时候，幸灾乐祸之情直接就溢于标题。但是很快我就觉得自己是错的，我不应该这么想。除了印尼海啸的时候捐了一点钱以外，其他我什么都没有做。我觉得很惭愧。还好，这两个国家没有做什么“中国在日本或者印尼的企业捐款排行榜”，也没有追究不给他们捐款或者帮助的人的道德责任。我始终觉得自己的想法有问题。于是在四川地震的时候，我就直接去了灾区，尽自己的一点点力量。当然，如果我在家里，看客们可以认为我没有行动，如果我去了灾区，看客们可以认为我去添乱，可事实是，我们几人在四川的八天，没有添任何的乱，也帮上了一点儿小忙，同时没有让媒体拍任何一张装模作样的照片。可是当我回来的时候，终于有空上网了，我发现天天有空上网的看客们进行了不少莫名其妙的谩骂。说实话，这虽然不会改变我以后的想法，但这会让我很灰心。

在这场灾难中，表现最差的就是某些在网上叽叽喳喳指点江山的看客们。他们时而要封杀这个人，时而要骂那个人的全家，时而向某明星进行道德勒索，时而向某企业要饭，关键是，他们还假装自己是善意的，觉得自己是在为灾区人民做事情。更关键的，他们自己还相信了。

封杀莎朗·斯通的事情和之前的家乐福等事情，让我开始觉得，暴乱是人民心中的自然情结。现在比以前好的是，现在有法律约束了，现在要付出代价了，代价恰恰是这些伪道德人士最害怕的东西，哪怕只是付出一百块钱，就能吓退一大半人。

对于莎朗·斯通，如果她只说了前半部分，那只能证明她有毛病，的确该骂，但事实是，她的话还有后半部分，但在国内的媒体上，我几乎没有看到过。当然，这也是大家所希望的，一方面，娱乐版都是明星义演的新闻，出来这么一条，所有人就可以享受借着崇高的名义置人于死地的快感。有些人说，就冲着莎朗·斯通是达赖喇嘛的朋友，怎么说都应该封杀她。但是李连杰也是达赖喇嘛的朋友。达赖喇嘛有很多朋友，里面有些人也是我们的朋友，最理想也是对国家最好的结果是，达赖喇嘛也成为我们的朋友，西藏安定。政府都一直是抱以这样开放和谈判的态度。而我们动辄举国暴怒，要封杀那个人，抵制这个企业，抗议那个国家的国际形象，难道这就是我们认为的“强大”？

在这次灾难中，我们大部分人表现出了宽厚、善良、热心，但因为外国一个过气女星的一句被国内很多媒体掐头去尾的话，我们顿时变得面目狰狞，杀、奸杀、封杀。尤其在这个非常时期，事半功倍。翻翻一些论坛里几年前关于别国海啸和地震的帖子，说这是报应的网友占据了绝大部分，到处都是“才死六千人，怎么不死六十万人”的言论。己所不欲，勿施于人，我们中的很多人离真正的人道主义还很远，很多面对国外灾难一样幸灾乐祸连称报应，但到现在还没有反思过的中国人，你们岂不是连莎朗·斯通都不如，而你们现在正享受着骂她和封杀她的快感，但她至少还知道反思自己的想法，并觉得不对，你们呢？不要太严于对人，宽于对己了。经过这场灾难，希望我们能进步，能体会到灾难中人类的痛苦，从民族人道主义提升成无前缀人道主义。

另外，我所奇怪的是，怎么别人就不把我们当时的网友发言整理出来当成典型来举国对我们进行反对和抵制呢？哦，是人家的凝聚力不强，发不出这么整齐的声音。

一个国家也需要朋友，但我们的国民似乎只需要说我们好话的朋友。别到了真正需要朋友的时候，发现都被我们抵制完了，国际上剩下的朋友们都是比我们黑的。虽然莎朗·斯通只代表个人，我们抵制她也不代表我们抵制美国，但是，因为她的全文，我觉得她是不应该被我们如此责难的，我们对她的责难远远超过了对地震中那些豆腐渣学校和医院工程的幕后人的责难，这再次说明了我们是忍辱负重的，我们可以承受自然灾难的痛苦，可以承受人为灾难的苦果，但我们不能承受外人说我们。我们是一个讲究家丑不可外扬的国家，自己扛着是为了得到别人的赞美，当别人没有赞美的时候，那扛着的压抑就都要发泄到别人的头上。

其实，我最希望看到的是，当某天，某外国人，真正说了几句伤感情的话、侮辱我们的话，我们整个国家也没有上到外交部下到小卖部都要表示一下态度，然后国民更是鸡飞狗跳炸开了锅。我还是这个态度，人家跟你争的都是实际的利益，你只会跟人家争一口气。什么时候我们能不要那口虚无缥缈的气了，也不理人家怎么说你，我们就可以了。

转一些我们的正式媒体对于美国飓风的报道：

从双子塔到新奥尔良美国安全神话破灭（组图）（2005-09-11 05：49）

飓风扯下美国的遮羞布（2005-09-06 08：35）

飓风吹破美国神话（2005-09-06 06：09）

飓风卡特里娜教训“文明冲突论”（2005-09-06 05：11）

飓风撕破美国的脸（2005-09-06 04：44）

飓风刮起美国政治风暴（2005-09-06 04：13）

美国应该自省？“卡特里娜”飓风与二氧化碳政策（2005-09-05 10：30）

飓风过后美国人为何要趁火打劫（2005-09-05 10：22）

卡特里娜飓风简直是天灾版9·11（组图）（2005-09-05 10：22）

布什可以占领伊拉克为何难救新奥尔良（2005-09-05 10：22）

飓风为何向布什施威（2005-09-05 10：22）

政治飓风或将袭向小布什（2005-09-05 00：00）

新奥尔良在暴行中绝望（2005-09-03 05：32）

是什么让超级大国如此脆弱（2005-09-03 05：32）

倒是看到2005年《新×报》说美国卡特里娜飓风是大自然的报

复。《新×报》还说“我们今天所面对的自然灾难，越来越多是由于人类过于‘快乐’地‘征服’自然所引起的”。《×快报》说造成巨大人员伤亡的卡特里娜飓风是向布什施威。《上海青年×》则认为卡特里娜飓风是人类自吞苦果。（感谢网友整理）

另外，上篇文章刚说完一些国内媒体断章取义，马上就有人冲上来根据自己的需要断章取义。这次省得让网易之流还要费脑筋来断章取义，我自己先给自己断章取义取几个劲爆讨骂的标题。他们借着替灾区人民愤怒的名义，内心满心欢喜地想又可以揪你小辫子。其实我也是可以给别人扣帽子的人，我们大家都是，我梳理出的供网易使用的小辫子有：

韩寒——印尼海啸，我觉得是报应。

韩寒声称达赖是我们的朋友，网友纷纷划清界限（网易也宣布与其划清界限）。

韩寒再次力挺莎朗·斯通，说中国媒体无人道主义。

韩寒说网友暴，网友建议封杀。

韩寒侮辱非洲友人黑，专家称是种族歧视。

网易调查，韩寒是否脑残，百分之九十四的网友表示同意。

网易括弧再次强调，第二条仅代表嘉宾意见，不表示网易赞同其意见。如有问题，直接找他，网易与此无关。网易只是取了个标题。

2008年6月4日

回答：……

互动

问题一：韩寒，你说去四川的时候，徐静蕾给了你一些帮助，但是为什么你还要扯上梁朝伟，我很喜欢他，但是我不DJ你，你不要攀着我的梁朝伟。

回答：好的，虽然写的是我的朋友梁朝辉……

问题二：最近看了你的电视节目，你和陈丹青在整个谈话中嬉笑怒骂，可现在是什么日子，你至少应该在电视里表达一下对四川地震受难者的哀悼，可是为什么整个节目里你丝毫不提？

回答：嗯……因为节目是在地震前录的。

问题三：你在灾区带了一条狗回来，你为什么不去领养一个孤儿？

回答：……

问题四：我看了你的“再见四川”，我觉得你写得不错，但是为什么你在回来后就马上跑去赛车了？我对你的动机表示很怀疑，你很不严肃。

回答：……

问题五：我觉得你对作协和诗歌有成见，王兆山的那首诗，虽然没有李白杜甫那样让人惊艳的句子，但语句也是很不错的，你不能用名作的要求去要求他。

回答：……

2008年6月17日

编者按：附：2008年6月13日博客：《幸亏没入作协》

山东作协副主席王兆山先生发表于齐鲁晚报的江城子：

天灾难避死何诉，主席唤，总理呼，党疼国爱，声声入废墟。十三亿人共一哭，纵做鬼，也幸福。银鹰战车救雏犊，左军叔，右警姑，民族大爱，亲历死也足。只盼坟前有屏幕，看奥运，共欢呼。

本来是轻松愉悦地做善事，现在搞到这么大的负担，

那些“代表四川灾民，不要你的破钱”的朋友们功不可没。

衣不如新，人还如旧

在四川汶川刚地震的时候，我说，向有关部门捐款为零元，我的意思是不向红十字会捐款，因为那时候我就知道他们那里有很高的管理费（后来宣布不收取），但当时我没说明白管理费这事，怕被指责“关键时候不合时宜，影响群众的捐款热情”。后来，被人断章取义为“捐款为零元”。当然，这就算了。

现在到了冬天，该捐衣被了，我有一些衣被，很多是别人送的，自己从来没有用过或者只用过一次，琢磨着捐了吧，但突然得知，不收用过的，要全新的。

这我就很奇怪了，首先，我深知政府部门想把大家捐款捐物的热情做成形象工程，来展示我们国民的高素质高觉悟高团结高收入，但我捧着一车九点九成新的衣被来，你说不收，让我去买新衣服捐给灾区人民，坦率地讲，我没有这个觉悟。

我给我自己买的衣被，质量肯定不会差，肯定比为了捐新衣

被而特地购买的要质量好，这点上，我是自私的。比如一样花五百元，我会给自己买一双鞋子，但如果是捐出救急，我会考虑买五双鞋子，让受援对象最大化。因为给自己买，五百元我还考虑了运动性能、轻便、款式、保暖和品牌，但如果是捐物救急，那我就只考虑保暖。你给灾区捐一个路易威登的背包不如捐两百个书包，这点大家都是明白的，而我相信，依照大家的觉悟，不至于把破烂都捐了，要捐的也肯定是款式不合适或者自己不喜欢，但质量没有问题的衣物，我认为只要没有补丁，都可以捐。

其次，有些地方要求有商标吊牌，那我也不能理解，你要这吊牌做什么？是再去卖？

再者，也是最重要的一点，比如我购买了一千元的衣被捐给灾区，碰上我这种不会砍价的，其中至少包含了五百元的经销商利润，这钱岂不是出得莫名其妙。内需也不是这样拉动的。

最后，这是很打击人的。当我理了一堆九五成新的衣服去捐，却被拒绝了，总之我是不会转身去遵旨买新衣服再来的。当然，有网友会说，我代表四川灾民，不要你这些破衣被，正如前一阵子捐款，一些企业或者个人捐的不如想象的那么多，网友们说，我代表四川人民，不要你的破钱。我告诉大家，人的原始善心都是被这帮人给慢慢熄灭的。本来有一千个人要伸手的，被你们一代表，看见出钱少的被一羞辱，慢慢会变成八百人、五百人、一百人。一百人里你们再找出一个标杆，最后淘汰剩五十人出一个统一价格，你们就满意了。

当然，有人开脱说，只捐新衣被是怕以前的旧衣服里有病菌。这点是完全不能成立的，钞票比衣被要脏吧，你们当时收人民币的时候怎么就不怕人民币上有病菌？旧衣服里有病菌恐怕在拿出来送到捐物处的时候主人已经发病了吧。就算可能有病菌你消消毒不就成了。病菌还算好，按照现在国内的日常用品卫生状况，只怕新衣被里也有毒。

既然捐衣被这么麻烦，就索性捐钱吧，这又回到了捐款的路数里了，捐赠活动主办方最愿收到的当然是钱。遗憾的是我还尚不知道上次那几百亿具体是怎么个花法。我相信大家都是好人，但面对国内最大的一笔善款，至少得每个月有个基本的清单吧。

那就捐钱，上次是春捐，现在就秋捐吧，可是现在的经济形势实在不好，虽然经济风波没有影响到我，但我的不少亲戚朋友都被严重波及了，我帮这个救急帮那个救急，自己手头实在很紧张。国家办奥运要面子要排场，要求老百姓捐款也要面子和排场，我觉得我出个几千块钱恐怕要丢国家的脸，也要受到诸多的苛责，这次的秋捐活动我就不参与了，当然，我有心参与，但被劝退了。我也发动了身边一些朋友，但他们很多表示，吸取了上次的教训，捐少了要被人骂，捐多了年底手头紧，还是先观察形势吧。本来是轻松愉悦地做善事，现在搞到这么大的负担，那些“代表四川灾民，不要你的破钱”的朋友们功不可没。

不是我不愿意买新衣，是我实在觉得这不合理，为了表示我的诚意，今年我也不买衣服了。最近看电视，欣闻国家丝毫没有受到经济风波的影响，人民依然安居乐业，国家更加繁荣富强，甚至要去救美国，所以深深感觉，这次让灾民过冬的任务就交给国家了。等到春天，我也代表四川人民一回，给我们强大的祖国母亲送上一杯牛奶，煮上两个鸡蛋。

2008年10月30日

到了今天，有一个让人难过的倾向，

就是我们几乎没有正方反方，你就是要表态，你抵制不抵制?

一场民族主义的赶集

关于这个问题，大家的理由非常充足，首先家乐福的大老板如何了，而法国政府如何了，其次不管如何如何，我们的目的是让国际社会感受到我们的态度，让某些国家知道我们的力量，让某些人道歉。

我想说，道个歉是容易的，但是要改变对我们的态度和想法，似乎很难，而且经历此事，可能更难。

为什么一定是家乐福呢？这没有一个一定，因为也可能是别的东西，到时候我们也会问，为什么一定是×××呢？但官方喜欢抓典型，潜移默化之间，老百姓也已经能抓典型。

我觉得，抵制家乐福其实挺没有出息的。对于是否真正爱国的检验应该是需要付出代价的，当你需要承受经济和生命损失的时候，你愿意为了你心里的信仰而付出，这才是真的。去家乐福闹闹，挺没有腔调。其他国家侮辱你，你在自己国家为难一个超市，对着这个超市，有人抵制，有人拉横幅，有人游行，有人看热闹，还有人用一百元去买小东西，要找光他们的零钱，有人自己降下家乐福的中国国旗，然后拍个照说是家乐福给中国降半旗。我认为这些行为都有点拿不出手，尤其是最后一条，那是猥琐加唯恐天下不乱了。爱国有的时候是自救，但有的时候是种腔调，我们做得没腔调。

当然，你可以指责我说，那你做点有腔调的事情啊，你去围法国大使馆啊，你去法国抗议啊，你去炸空客A380啊。关键是，我为什么要这么做呢？我心里根本就没那么想过。我依然做着我的本职工作，写好东西，赛好车，一年比一年进步，现在我们拉力水平可以在亚洲比了，让赛车水平很高的日本人和相对比较高的马来西亚人都刮目相看，不输他们甚至可以战胜他们，再给一段时间估计我国车手和赛事的水平能赶上欧洲的二流，希望能出现顶尖的代表去和欧洲的顶级车手抗衡……最后的目标就是法国的世界拉力锦标赛之王勒布，不管有没有这个可能性，这些都是我们在做的。而一些人在做的却是去搞一个超市，要是你不去搞，就是汉奸和卖国贼。

外国人说我们两句，骂我们两句，我们全国上下急成这样，而且边愤怒边得意，得意的是我们的“民族凝聚力”和“祖国终于强大了，所以一些国家开始害怕我们，企图分裂我国”。可是我怎么就没看见一个让世界都害怕的国家和民族的国民应有的气势呢？你搞家乐福，搞得家乐福里的中国员工也左右为难，然后围了越来越多的中国人，来几个坏事的中国人再砸那么几下，然后出动一帮中国防暴警察，看到的全是中国媒体的报道，敢情过程里没出现一个法国人啊。

我们觉得，支持我们的，夸奖我们的，就是我们的朋友；反对我们的，贬低我们的，就是我们的敌人。这个是非观未免太简单和太看重自己的面子了。

我们的民族自尊心怎么那么脆弱和表面呢？人家说你是暴民，你就把人家骂一通恨不能打一通，然后说，我们不是暴民。这就好比小明说你是笨蛋，你就对着小明女朋友的弟弟的狗举个大牌子，上面写，我不是笨蛋。这个讯息的确会反馈给小明，但小明依然觉得你是个笨蛋，就像你觉得自己很委屈，而小明其实更加笨一样。

到了今天，有一个让人难过的倾向，就是我们几乎没有正方反方，你就是要表态，你抵制不抵制？你如果抵制，好样的，你是中国人，你站对了队伍；你如果不抵制，你就是汉奸；你如果不表态，你也是一个孙子。不知道这时候法国政府开放对抵制家乐福的中国人的入籍申请，会有多少人想去法国做卧底？

我觉得，现在的情况就是：家乐福就像一个充气娃娃，让一帮人抱着发泄，可能的确平时活得太压抑，要找个没什么代价的出口气。边发泄还要边问这充气娃娃和充气娃娃的制造商，我强不强啊，我强不强啊，看见旁边那些没兴趣搞充气娃娃的人还指责他们性无能。

5月1日会发生什么事情，反正你我都不知道。但我真的怀疑大家内心是否真的那么愤怒，还是大家很久没有游行和集会了？参加行游很好玩吧？赶去会集很热闹吧？爱国主义庇护下的行游和会集又很安全吧？如果你真的不能忍受，觉得现在的情况等同于八国联军侵略，是国难当头，是形势危急，是四面楚歌，而解决的办法就是必须对着超市抗议，那么我也尊重你，我最终也能理解你的情怀。就怕你是个赶集的。

2008年4月20日

编者按：2008年3月，中国西藏地区发生骚乱，当时的法国总统萨科齐表示可能抵制北京奥运会开幕式，4月16日，巴黎市长德拉诺埃表示，他将于21日向巴黎市议会提议，授予达赖喇嘛荣誉市民称号。

4月7日，北京奥运火炬在巴黎站传递时，遇到抗议人士试图阻挠，中国前残疾运动员金晶遭遇暴力抢夺，火炬传递途中数次熄灭。事件使中国民众感到愤慨，部分中国大陆网民因此号召抵制法国连锁店家乐福超市的抗议示威活动。

家乐福可以抵制，让你全家移民法国，你是否能抵制？

问

1.你是否像鞭炮一样一点就着？一点就着的下场就是炮灰。

2.在这之前你是否仔细思考？

3.当你收到抵制家乐福的短信后，你是否马上转发群发？

4.转发前你是否做过考证？家乐福的大老板是否赞助过达赖？你是否上网搜索过？你是否看过明确的资料或有确凿的证据？

5.假设不是这样，你是否也要为自己的乌龙找一个理由？比如好歹也是个法国企业，比如是某个幕后的股东干的？

6.假设是这样，你是否会为家乐福的确赞助了达赖而长舒一口气，并且暗自高兴？那你究竟是爱国呢还是不爱国？

7.去现场抵制和集会的人，你是否兴奋大于愤怒？

8.你是否第一次参加或者打算参加游行或者集会？就像车友会喜欢列队行车一样，你是否感觉到个人力量被放大？你是否会信以为真？你是否会鸡血沸腾？你是否都快忘了自己是去干吗的了？你是否最后抱着一种想看好戏的想法？

9.家乐福可以抵制，让你全家移民法国，你是否能抵制？

10.给你一次法国游，你是否能抵制？

11.你是否不能接受欧洲国家对反华势力的容忍和支持？你是否不能接受外电的歪曲事实和侮辱性词汇？你是否觉得应该由“欧宣部”将它们全部封杀？

2008年4月21日

你觉得丢了中国人的面子，你去争面子吧，
就是小心些别丢了更多面子。

爱国，更爱面子

首先，在中国的教育之下，我没有自己的信仰，我相信大家也基本都没有。但庆幸的是，我有自己的理想。我只是一个人道主义者，我从来不觉得爱国精神和一个人的道德有关。我也不觉得因为自己出生在某个地方，就必须无条件地爱它，否则就是最恶劣的一种道德败坏。

但我还是很喜欢我们的国家。我甚至都不愿意出国。除了无可避免的比赛以外，我一年要推辞十多次出国参加各种活动的机会。我也从来没有主动出国旅游过，更没有动过移民的念头，我喜欢留在这个国家。当然，这是因为我喜欢我国的姑娘。我离不开她们。

我对姑娘说，你们可不要去上街游行什么的。你如果非抵制不可，你不去买他们国家的东西也行。这话也对我的读者说。你就当自己抵制了几十年的路易威登和标致汽车好了。

再次希望我的读者，不要上街，不要游行，不要集会，现在远远不是抛头颅洒热血的时候。让这个国家先安定一些。好好地办奥运吧，别再出什么乱子了。爱国披上身的青年也千万不要搞出什么乱子了。好好听政府的，游行集会永远没有出路，也不是出口。

至于一些网友说，你看，我们这一抵制，法国人就向我们道歉了，法国总统就向我们屈服了，这说明爱国主义行动是有效的，中国人的腰杆又挺了一次。好吧，你们有面子了。

其实，很多时候，我们只是觉得，我们没面子了。不管你站在个人的角度或者国家的角度，无论是不实报道也好，阻碍火炬传递也好，支持藏独台独也好，侮辱我民族也好，归根结底的动机就是，没面子，伤自尊了。

我们把这堆火看得很重，在传递过程中，我们希望得到天朝般的礼遇，但我们发现，原来我们有这么多的反对者啊，而且他们原来和CCTV一样说话不靠谱啊。其实他们一直存在，在平时我们看不到，CCTV和新华社告诉我们，世界人民都对我们很友好。这次实在是藏不住了，所以让大家很吃惊。其实这是个好事，是推动政府进步的一个契机。在处理新闻上，国家在慢慢进步。提前个十年，你都不可能知道西藏出事，火炬被灭了。很多事情就是这样，藏不住了，就放开吧，其实大家已经具备一定的承受力。如果大家非要抵制，以后中国做事，人家国外没有什么反对的声音，也不鸟你，最后倒霉的还是国内的言论氛围。

不管是以前的印尼排华，使馆被炸等实打实让我们遭受了生命尊严上损失的事情，我们国家的爱国愤青们都没能发出比这次更加大的能量，而这次我们只是受到了言语上的一些委屈而已。一方面，我们真的比以前有钱了，真的觉得自己已经强大，傻大款和假大款肯定不喜欢别人说他们。另外一方面，使馆被炸是国家的事情，国人被杀是人家的事情，但这次他们说的话干的事，泛指向每个中国人，所以，你骂到我，我就要和你追究到底。火炬灭了，你就是毁我尊严，你遥远地欺负到我了，所以我要遥远地让你知道，我不是那么好欺负的。

假设CNN主持人有手雷，沉默地在我国拉弦炸死了几个人，相比起CNN主持说一句骂中国人的话，我觉得肯定是后者引起的愤怒和抵制更加大，要求道歉的声音更加坚定。我们可以对国内的很多同胞的遭遇漠然，但对人家国外的反对这么神经质，还是因为面子。国内死的死伤的伤贪的贪黑的黑，不关我的面子，而国外的刺激则丢了我大国国民的面子和威风。和平年代的爱国就是爱面子。

一些爱国者不要把这次的事情和八国联军入侵、英法联军入侵或者当年的抗日战争相提并论，这是一回事吗？你们真是草木皆兵被欺负怕了啊。你觉得丢了中国人的面子，你去争面子吧，就是小心些别丢了更多面子。这事上我不觉得丢面子。我觉得我们国家无论私人或者官方也经常这样说人家，大家说来说去的没什么问题，这不是武装入侵，这只是突然一方玩不起了而已。要是其他任何国家现在举行火炬传递，除了在我国一帆风顺以外，到其他地方一样会碰到很多阻力，可能还更多。在火炬传递中，无论这些声音属实不属实，侮辱不侮辱，都只是言论，我们要能接受不同的声音，哪怕是歪曲事实或者不怀好意的声音。我们不能表现得像那些没见过异己的人那样反应过度，要不挺丢人的。

随着国家的强大和开放，我们会见到或者知道更多更狠的东西，国内的，国外的。回头看看当年，自己会觉得羞愧。如果你觉得人类的骨子里必须爱国，那么好，你要做一个爱国者，不要做一枚爱国者导弹。我们不能只在国内呼吁要多元化的声音，转身难听的话来了，因为涉及自己了，又自动倒退几十年。要不然，小心到了最后，嘿嘿，唉……

2008年4月23日

再让你生一次，如果你还选择生在这个国家，

那才是真正的爱国和优秀品质。

回答爱国者的问题

回答爱国青年：

在留言中看到了很多爱国青年的问题，我加以回答。不知道为什么，爱国者的嘴巴总是比较臭，行为总是比较暴，所以我在这里做了大量的过滤工作，好让这场问答显得像只是场不同观点的对话。以下的问题虽然只有十几个字，但事实都是我从几百个字里进行筛选出来的，已删除了大量语气助词。

问题1：外国人过来抽你一个耳光，你也无动于衷，不还手，来显示自己很大度？

回答：外国人没有过来抽我耳光。

问题2：韩寒，你妈被外国人强奸了，你也不抗议？

回答：外国人没强奸我妈。

问题3：祖国就是你的母亲……

回答：祖国是祖国，母亲是母亲。

问题4：你怎么对得起你脚下自己的土地……

回答：我没有自己的土地，你也没有自己的土地。

问题5：你不是一个中国人，是中国人就应该抵制家乐福。

回答：宪法上不曾这样规定。这是你的强行流氓爱国观。

问题6：爱国是一个人与生俱来的优秀品质和优良传统。

回答：再让你生一次，如果你还选择生在这个国家，那才是真正的爱国和优秀品质。

问题7：你连自己的母亲都不爱，你还是个人吗？

回答：我妈叫周巧蓉，我很爱她。我用自己的努力，让我全家可以得到基本的生活保障，想保障自己国家的人，先把自己的小家给保障好吧。

问题8：你说家乐福的股东可能没赞助达赖，我们也的确没找到什么他赞助了的证据，但这不妨碍我们抵制法国货，家乐福只是个冲头，事实上，我们要抵制一切和法国有关的东西，我们还要抵制LV，抵制标致汽车，抵制雪铁龙……支持2008奥运，中国人的强大和团结让世界颤抖！

回答：现代奥运会是法国人顾拜旦创办的，一起抵制了吧。

问题9：坚决抵制家乐福，你，居然能容忍外国列强对我泱泱大国的侮辱，如果每个人都像你这么懦弱，那国家早就灭了。

回答：你强悍，你勇敢，你不怕死，你是烈士。因为你敢于不去某超市购物，而且，你敢于把家乐福的冰激凌放在手推车里不结账让它们化掉，你敢于在超市门口骂结账出来的人是汉奸，你敢于烧荷兰国旗来警告法国。

问题10：合肥家乐福给中国降半旗，你为什么不愤怒？

回答：我相信这事情不是家乐福做的，他们也不敢这么做。国旗就在超市门口的广场上，这行为是典型的某些流氓爱国者自己把旗帜降下去，贼喊捉贼，然后四处传播，以便煽动，唯恐天下不乱。这更加不道德。类似的行为和手段在类似的行动中太耳熟能详了。

问题11：在这万众一心的时刻，你假装清醒，说风凉话，给爱国志士浇冷水，和民意相违背，你这样的话居然都能发表，看来中国的言论还是太自由了，应该封杀你。

回答：我们的人一方面呼吁国家放开言论，一方面有人反对自己就希望国家封杀掉他，国家在进步，你逼它退步。小心百转千回，害人害己。

2008年4月23日

人本身不容易被煽动，

但当人立志要做炮灰的时候，灰就容易被煽起来。

如果你是学生

如果你是学生，你是大学生，我个人建议，东西你爱买不买，但是不要上街，不要集会。

游行和集会是会上瘾的。今天你可以打着爱国的旗号对外，明天你就可以打着爱国的旗号……所以，你是得不到支持的，整个过程里你只能面对中国人民和中国防暴警察，你连一根黄毛都看不见。不要制造无谓的伤亡。爱国主义不是免死金牌，爱国主义有时候反而送你一程。在和平年代的激进爱国者和偶像的粉丝是没有区别的，关键他们还不能选择偶像，所以势必更加疯狂。

以前我觉得煽动是政府的一个托词，现在我相信人真的是可以被轻易煽动的。当然，人本身不容易被煽动，但当人立志要做炮灰的时候，灰就容易被煽起来。不要把现在和五四相提并论，情况是完完全全不一样的。我们现在需要安定，暂时不要再有任何的娄子，不要出任何的乱子，这都是无谓的。

复述一次，这不是出口，也没有出路，因为现在还不是时候，现在还不是时候！

我愿被你们说成是汉奸和走狗，只为告诉你们，保留你们的热情，拿出你们的温柔，接受不同的声音，因为现在还不是时候。

2008年4月25日

这个新闻很早前就听说了，

她们代表13亿中国人去和CNN打官司。

于是我被人代表，去向CNN索赔了。

我要两块钱!

本报讯（记者　张乐）CNN主持人卡弗蒂的辱华言论引起了全世界华人的愤慨，记者昨日获悉，纽约华人委托当地律师对CNN和卡弗蒂提起了诉讼，要求赔偿每位中国人1美元，共13亿美元，而当地一家联邦法院已受理此案件。

纽约居民梁淑冰以及一位中国公民李女士22日委托纽约海明律师所6名律师对CNN及其主持人卡弗蒂提出集体诉讼，要求赔偿13亿美元。其中一位律师称："赔偿每位中国人1美元，并不算多。"诉讼内容和理由包括：第一，被告侮辱和污蔑全体华人；第二，被告故意给中国人造成精神损失；第三，被告的重大疏忽对中国人造成精神伤害。

昨晚，记者从当地几家媒体的网站上搜索这一消息时，发现《纽约邮报》等都市媒体"不约而同"地保持低调，仅发布了几百字的短消息。

对此，中国政法大学副教授许身健对记者表示，纽约华人起诉CNN和卡弗蒂的事件更具“象征意义”。从感情上讲，这是维护自身权利的积极举动，是华人的合理诉求；从法理上讲，由于西方的新闻自由和法制规范的关系一直比较复杂，而法官个人的态度也是一个影响因素，因此案件胜诉的前景有待观察。

这个新闻很早前就听说了，她们代表13亿中国人去和CNN打官司。于是我被人代表，去向CNN索赔了。但我又有几个想法：

1.强烈建议不要美元！我要7块人民币！美元天天在贬值，万一我们赢了，这过程里，我可能损失几毛钱。而且赔偿人民币更显得我们爱国。

2.你没有得到我的授权书，所以我想要两美元。

3.我们都很高兴，我们的高兴建立在美国法院受理的事实上。

4.我们法院一定要想好办法，万一哪个美国人起诉我们，一定要按常规办理，不能受理。毕竟我们的报纸几十年前没少辱骂人家。

5.对诉讼理由的第二条和第三条我不能同意：第二，被告故意给中国人造成精神损失；第三，被告的重大疏忽对中国人造成精神伤害。我觉得应该定义为极其严重的精神损失和精神伤害，你CNN一句话，我们的精神受到了不可弥补的巨大伤害！那个谁，你轻轻松松随口一句，你知道中国人民遭受了多么大的刺激吗？全国人民几乎崩溃，大家都快成精神病了，你说，这精神损失和精神伤害应不应该赔？要你13亿是少的。

6.鉴于官司一般不会赢，但我们会不遗余力地告到联合国。如果你们不赔偿，就不允许你们报道奥运。我们的超女和快男也永远不会上你们的节目！奥运在我们家开，所以奥运就是我们家的，我让你不准报道，你就不能报道，奥委会准许你报道都没有用！我们居委会不允许！

7.综上所述，你输定了。但是如果你愿意调解，我代表13亿中国人，我代表起诉你的那个梁女士，我代表她的律师，可以给你打个一折。也就是一亿三千万美元。按照中国的砍价法，砍掉一个零头，就是一亿美元。你赶紧把这个一亿美元赔付给我们的代表梁女士。然后你就可以看好戏了。

8.……没有第八条了，但我们中国人喜欢讨个吉利，所以写个8。

CNN，你姓CN，五百年前我们是一家，现在你居然欺师灭祖，赶紧向我们赔偿，当然，道歉也可以，示好也行，反正我们就喜欢道歉和示好。

2008年4月26日

编者按：美国当地时间4月9日下午，北京奥运圣火在旧金山传递时，CNN进行全程追踪报道。主持人卡弗蒂在谈论中美关系时使用侮辱性的语言，称中国人是“一群五十年不变的呆子和暴徒”，激起了华人的愤怒。

你们统一思想，我们统一动作。

统一大业

最近奥运会推出了奥运加油手势。

手势第一步：鼓掌两次，代表着“迎五洲宾客交四海朋友”。

手势第二步：两手握拳，大拇指向上竖起，双臂向前上方伸展，代表“我们相聚在五环旗下”。

手势第三步：鼓掌两次，代表着“展健儿风采，扬奥运精神”！

手势第四步：两手握拳，向上伸展双臂，代表着“我们为奥运精神更快、更高、更强而喝彩”！

据悉奥运期间，北京奥组委将由志愿者部统一协调，在各项比赛前以及比赛间隙，现场播放“奥运加油，中国加油”赛场文明手势宣传片，并安排多名志愿者在比赛现场引导观众加油助威。

同时，北京奥组委指定的30支在各场馆表演的拉拉队及“文明加油手势推广大使”，将带领所有现场观众通过手势为运动员加油。

另据悉，教育部还将通过全国各大、中、小学校对进入奥运赛场观看比赛的80万学生观众进行培训，普及赛场文明手势。

我觉得，想出这个手势不难，让我敬佩的是，想出每一个手势之后“代表着”的难度。比如我竖起大拇指，代表着我夸你；我竖起中指，代表着我鄙视你；但我两手握拳，大拇指向上竖起，双臂向前上方伸展，居然代表着我们相聚在五环旗下，这让我非常费解。

如果这单单是奥运会中国官方拉拉队的手势，那是无可厚非的，拉拉队一般都要整齐划一，但是如果把这些不光很形式，而且形式得有点傻的东西强加推广，会降低很多人观看体育比赛的乐趣。有关部门觉得，这是对文明的指引，有了这样的手势，可以杜绝国骂等不文明现象。我想说，首先，你每个人做一样的手势，该不文明的还是不文明，要不然，我们做了几十年的广播体操，早就是一个极度文明的国家了。其次，我相信奥运会期间，对于观众，也不会有什么不文明的事情，中国人在识大体方面做得还是可以的，我们不能把奥运会的观众氛围假想成中国足球的观众氛围。我想这点，有关部门应该也很清楚。

所以，我觉得推出这个统一加油的手势，其实有拍马屁之嫌，是相关部门做给相关部门看的一个公关活动，主题是，你们统一思想，我们统一动作。

中国可不是这么完成统一大业的。我觉得，虽然我们一直对外强调，奥运会要和政治分开，但实际的情况大家都很清楚。现在我们天灾人祸不断，奥运会真的应该和政治分开一点，如果我们把奥运和政治挂钩得那么紧，大家会更加紧张。奥运会应该让老百姓好好地放松和欢乐一下了。奥运会应该就是一个大PARTY（恕我这里还真的想不出能替代这个英语的中文，聚会和宴会都不合适），这个手势不应该强制推广，如果强制推广，会降低观看体育运动的魅力。

有些人把这个可以变换口号的手势和人高兴时会微笑，悲伤时会皱眉头，点头表示赞同，摇头表示否定相提并论，说在推广下，有可能会变成一个国际通用的代表着……代表着……代表着不知道什么意思的一个流行手势，就好比表示胜利的“V”和表示“OK”的手势一样。我想说的是，完全的不可能。首先，这不是一个手势，而是一套，恨不得是一节广播体操了。另外，人家是用简单的东西来表达复杂的东西，我们是用复杂的东西来表达简单的东西。但最关键的是，我们这套操没有独创的手势和美感，如果以后有人见到我，做半天这个操，边做边说，韩寒，你好，韩寒，加油……我肯定假装不认识这个人。

另外，这个手势有两点值得商榷，第一，这个手势明显容易误伤四周的人；第二，这个手势调动的肌群不合理，做得多容易手酸甚至抽筋。别到时候运动员什么事情都没有，观众全都抽筋了。

如果真要想一个姿势，我觉得如同留言里一个网友所建议，抱拳还是不错的，一方面，人家对我们的武术充满了神秘向往，另一方面，这个动作也不累，我建议，在任何运动员获得金牌以后，观众全场起立，抱拳，齐声喊，承让。

但是，我觉得作为观众，记住这个手势还是有用的，当我国运动员和外国运动员竞争到最后时刻，我们全场做这个手势，口中念念有词，人家没见过这个阵势的外国运动员肯定吓得够呛，以为我们是在作法，势必影响竞技状态。这样一来……

2008年6月13日

这样，在中国我就成了一个拥有了知识版权的作家。

我要求砸锅卖铁赞助奥运会

最近看到一些新闻，奥运将近，我们国家突然开始很重视知识版权的保护。不是说以前我们国家不重视知识版权，而是从来就无视。从奥运会做起，我很欣慰。

在奥运会期间，据说自己用手机拍的比赛视频是不能放在自己播客上的，自己拍的比赛照片也不能放在自己博客上，因为这是对奥运会知识版权的侵犯，违者可能面临罚款。而在奥运会场馆的一定范围内，是不能出现和奥运会赞助商相关的室外广告的，这是国家的大事，一切有异议的，一句大局为重就全部拿下。最近又听说包括刘翔在内的运动员们近一个月的广告是要禁播的。除非你是奥运会的赞助商。也就是说，凯迪拉克赞助了刘翔，当然，这钱不是刘翔一个人拿的，体育总局也拿了不少，但是一样难免被禁。很多运动员自己的广告都会被禁一个月。

我们国家对奥运会和掏钱者的知识版权保护真的很到位，让我很感动。我从来没想过，除了作家的书能被禁，导演的电影能被禁，汤唯能被禁以外，运动员的广告也能被禁。

幸亏奥运会没有赛车项目，要不然我肯定是代表国家队参加奥运赛车的，届时一个月内，我的书将被禁止销售，以免我沾了奥运会的光。但是，我对中国的知识版权保护盼望已久了，等了这么多年后，我终于看到了曙光。虽然这个曙光不是洒在每个应当享有知识版权的人身上。不过，我以大局为重，以国家利益为重，我不会要求国家来保护我的知识版权的，我也不会要求国家来打击我的一百本伪书几千种盗版。比起奥运会，我这点损失算什么；比起赞助商，我这点税算什么。我有一个梦想，我想赞助奥运会。

如果我这次卖版权卖车卖房卖身成为了奥运会的小赞助商，然后国家终于发现，原来一个写书的人也是有知识版权的，于是帮我强力打击盗版，这样，在中国我就成了一个拥有了知识版权的作家。

2008年7月17日

女主持人说：有两位听众打进电话来点歌了，

一位听众想点刘若英的《后来》，

另外一位想点花儿乐队的《喜唰唰》，

那我们就为这两位听众送上一首《北京欢迎你》，

相信大家一定会喜欢……

终于出了亚洲

虽然出道已经有将近十年，每年都有不少机会被邀请去欧美等地的资本主义国家参观他们的落后以及腐败，但是我一直没有去，唯独前年去了一圈亚洲国家，是因为参加了亚洲宝马方程式。不去欧美的原因只有一个，那就是坐飞机的时间太长了。

这次终于推不了，应七喜和万榕公司之邀去了趟澳大利亚——还是亚太地区。我的想法是去睡觉，因为我对和旅行团一起出游没有兴趣。但是因为活动日程太紧，六天就回来了，所以几乎每天都要换酒店，我被迫无法在酒店里睡觉。去的内容也无非等同于黄浦江游轮半日游，登东方明珠塔看夜景，去城隍庙买纪念品，在外滩拍张合影等。我经常在车里睡大觉。每天最高兴的事情就是晚上一起玩杀人游戏，回国后朋友说，这游戏已经过时了。这让我想起去年隆重向大家推荐发现的一款新游戏CS很好玩时的情形。

终于，六天以后，我回国了。回老家乡下看了看爷爷奶奶，他们在家里遛金毛。还是中国好啊，身为一个农民，既没有田，也没有地，还和神仙似的。在车里也听到了广播，是点歌台，女主持人说：有两位听众打进电话来点歌了，一位听众想点刘若英的《后来》，另外一位想点花儿乐队的《喜唰唰》，那我们就为这两位听众送上一首《北京欢迎你》，相信大家一定会喜欢……

另外有两个朋友要开车来上海玩，说带了几瓶酒，问我说最近北京的周边管得很严，会不会不能带啊。我说你出北京肯定没问题，北京欢迎不欢迎你我不能保证，但北京一定欢送你。

2008年7月22日

最好的出场服就是奥运结束后还能引领潮流，
国人都想拥有一件。

好看不好看

最近看到了中国奥运会开闭幕式出场礼服，果然如大家说的那样，像番茄炒蛋得很。这个究竟好看不好看，当然是个人审美的问题。我的个人审美认为很难看。

奥运会的相关设计里，我觉得会徽和奖牌好看，而福娃和这套礼服难看。

福娃的难看是因为我们第一次做奥运会相关设计，一上来就是吉祥物，所以压力很大，而且我们必须加很多象征性元素进去。我认为吉祥物主要是图个国家特色，可爱好认，如果一定要是中国独有，那么熊猫就算亚运会用过了，还是可以再用的，盼盼也可以改款的，而到了2008，素材就一下子增多了，正龙虎和坚强猪都比福娃强。谁能记住福娃脑袋上究竟顶了些什么。

我认为礼服之所以不好看，还是因为我们不敢想。中国国旗的颜色用作衣服的配色其实不是非常合适。红和黄的确很难搭配，国旗能设计成这样已经很不错了。比如我们A1国家杯中的赛车也设计成红黄色，从我个人审美上来说，也不好看，我很少看见这两个颜色搭配在一起的出彩设计，而且用在衣服上很容易显得廉价。

作为出场服，设计成这个颜色，从政治上来说肯定是安全的。但其实完全不用拘泥和国旗一个颜色，最好的出场服就是奥运结束后还能引领潮流，国人都想拥有一件，上街或者出席各种场合也觉得有面子的衣服。现在如此一设计，这衣服的寿命也就只有十几天，奥运结束后我很想看看哪个会穿这衣服上街。

当然，这么说很容易被人扣政治大帽，但估计这些人手里的爱帽都不是红黄色的。

2008年8月4日

开始直播领导讲话了，转播终于恢复了应有的水平。

和

开幕式看了一半，朋友发来短信说，这文艺表演到了后面怎么像春晚啊？

其实，暂且不说这个开幕式的好坏，以及我们是否能看明白，别人是否能看明白，我相信这是一个比较适合现场观看的开幕式，在现场肯定能感受到一定的视觉震撼，但在电视里恐怕就差了很多。和福娃一样，我们要表现的东西太多了，所以就不利于电视的转播，再加上这次的电视转播其实是有很大问题的，我不知道是什么地方做的，是否全球用的都是这个电视信号，如果是这样的话，那还是很遗憾。当然，万一真是春晚的转播团队做的现场转播，本来这个开幕式的后期只是有一点点像春晚，但经过他们这么一轻车熟路，就真的成春晚了。

在很多应该给远景的时候，转播给了近景，在应该给近景的地方，转播给了不伦不类的中景，而且至少有几次转切的失误，导致所有的人物近景中，没有一个近景是合适的，我们不要求他们捕捉到震撼人心的表情或者感人的神态，但至少不要让我们老看见近景中的人物在左顾右盼神情紧张微调姿势，当然演员是一点儿错都没有的，尤其是在这种人海表现方法下，人其实就是道具，而且我们肯定非常要求整齐划一，所以演员势必会把注意力都放在有没有踩对点以及与前后左右的对齐上，这样给近景自然会很不自然。而我觉得很不错的烟花大脚印，你不说我还真想不到这是脚印，这拍的……

另外导播明显更重视其他地方的不出错。在我国运动员入场的时候，看到了某位运动员对着镜头兴奋得雀跃，那名运动员刚向镜头跳到一半，我刚要开怀一笑，突然间，导播以处理和弥补错误画面的手法迅速将镜头生切给了在座的领导。可能导播觉得运动员对着镜头这样表现显得不够严肃。在大场合我们的确是不能有一点儿幽默感的。注意你的严肃，仔细盯着字幕。虽然字幕上的字看不大清楚。

还有一个比较差的地方是解说词。但这没有办法，在这样的场合，我们永远是只求无过的。

最后，周围穿白衣服的姑娘们冒着高温跳到什么时候才是头啊。

其实出汉字那个挺好的，出了一个“和”字，而主题曲也是“YOU AND ME”，这是多么巧妙的呼应，在歌中，我们又把和谐的精神重申了一遍，“和”的英文不就是AND么，所以，这首歌曲要表达的意思是，你和谐了我。

现在开始直播领导讲话了，转播终于恢复了应有的水平。角度、景深和切换时机的控制都完美无瑕。莫非转播方真的是……

开幕式结束，最后李宁的空中行走画卷跟随点火其实还不错，但我觉得可以玩得更玄乎一点儿，比如让李宁在空中艰难点燃主火炬台之前，圣火突然失手掉下，火炬急速下落，全世界肯定吓一跳，当然，火炬也是隐蔽吊着钢丝的。在火炬要坠地的瞬间，突然来一只光影做的鸽子贴地衔起火炬，飞腾到主火炬台的上空，此时李宁一抱拳，鸽子松嘴，火炬落到主火炬台里，圣火点燃。这样一来可以惊吓全世界观众，二来可以显得我们中国人不呆板，三来告诉全世界，中华民族是永远可以这样绝处逢生永不熄灭，四来告慰股民，绿色奥运的意思其实是股市一片绿，而现在可以抄底了。

其实，最让我感动的是现场闪烁的无数闪光灯，感觉太热闹了，朋友说，到点火的时候会有更多的闪光灯，我说，怕是没有刚才那么多，因为不少相机都没电了。

昨天去看了阿根廷和科特迪瓦的球赛，虽然现场的气氛稍微有点虚伪，但还是能感受到纯正的体育带给我们的乐趣，希望大家能在接下去的一个月里感受到体育的魅力。

赞美的人自然赞美，批评的人也无须给他们扣反动大帽，这只是一个文艺晚会，为了这个文艺晚会，可能每个中国人都掏了几毛钱，所以说说何妨。但我那些在现场看过的朋友都说还不错，看来的确是毁在了电视转播的手里。

但是你要说转播团队是外国人，我不太相信，尤其是导播先生，我觉得肯定是个中国人，因为他在切换领导时丝毫不马虎，而且次序和时机一看就知道是受过多年的教化了。

至于有人说太过于展示中国古代文明和中国的东西，没有世界的东西，这点我不是很同意，一方面是我们实在没什么现代文明好展示的，另外一方面，这其实是给世界看的，中国奥运会自然展示中国的东西，你难道是想用VCR向世界秀我们的新央视大楼么。

也有人说应该展示一些现在中国有的，但其他国家没有的东西，应该设计一个这样的节目。我想来想去，觉得那就只有现场摆上2008台电脑，输入2008个不同的网址，然后全部不能访问，向世界展示我们独有的网络长城屏蔽系统。

虽然是工作，但还是要感谢导演组和演员组的辛苦劳动，来伺候这些世界上最听话但最多话的国人们。也要感谢决策组和张艺谋，使得整个开幕式里没有出现或者强调难看的福娃，这估计也是历史上很少不出现吉祥物的开幕式。

接下来几天祝大家快乐。我喜欢体育。

2008年8月9日

大家都早已经有一颗坚强的心，
别因为是重大场合所以就都接受不了。

假假唱

最近大家比较关心奥运会双簧的事情，林妙可唱了歌，但其实声音是七岁的小女孩杨沛宜的，是奥运会的音乐总监陈其钢先生在一次访谈中透露了此事。

陈其钢大意是，一个声音比较好，一个对外形象比较好，考虑到国家的形象，所以用了林妙可的样子加杨沛宜的声音。

当然，因为这句话失妥，所以引起了很多不满。毕竟，杨沛宜小朋友肯定没长成影响国家形象的样子，林妙可小朋友也不至于唱出影响国家形象的声音，但是我很理解在那种场合下，什么回答肯定都得和国家沾点边，情不自禁扯着扯着就容易扯到那方面去，所以，这最多只是一个不恰当表达。但更重要的，也是我个人敬佩的是陈其钢能把真相说出来，虽然这个真相迟早会被大家知道，但如果陈其钢不说，那么至少要到好几个月后大家才能知道这事，至少妙可小朋友的家人不会说，妙不可言嘛，杨沛宜小朋友的家人暂时不会说，有关部门更不会说，况且这也不是什么大不了的事情，不就假假唱一次么，咱们干的弄虚作假昧着良心的事还算少么，大家都早已经有一颗坚强的心，别因为是重大场合所以就都接受不了。咱们不就是场合越重大各方面都越假嘛。

所以，我认为攻击陈其纲是很不明智的事情，这是另外一种上其纲上其线，因为一个说真话的人在陈述真相的时候没说利索，而把这个因为国家自己积累下来的陋习所引起的不满倾倒到这个人身上是很盲目的。在这个到处都是作假的国家里，在一个讲究工艺而不讲究艺术的开幕式里，唱唱双簧其实没有什么问题，林妙可的样子大家也已经欣然接受，而杨沛宜的声音大家也觉得非常好听，这就很好，林妙可得到了她的荣誉，但是杨沛宜小朋友暂时没有，所以，由陈其纲牵头，让杨沛宜小朋友也得到了她该得到的东西，而且又说了大实话，尤其在这个时刻，这个制度中，是多么值得赞扬的事。

2008年8月14日

编者按：2008北京奥运会开幕式音乐总监陈其纲在一个专访中透露，开幕式上那首震撼人心的《歌唱祖国》并非舞台上的“微笑天使”林妙可所唱，声音来自一位7岁的小女孩杨沛宜。

他赢得了这个项目所有的荣誉，

很可惜的是他不知道能不能赢得国民的理解。

希望刘翔再破世界纪录

今天我早起看奥运会的田径比赛，很遗憾的是刘翔因伤退出了比赛。可以想象的是，无论主流媒体把这事粉饰得多么和谐，把国人描绘得多么善解人意，但还是会出现很多的说辞和责骂侮辱，对于刘翔，也将面临一个很大的困难，这下不是几个栏在他眼前，是好几亿个栏。对于很多人来说，刘翔应该坚持跑完第二枪，这样才不算临阵脱逃，当然，这和我们多年讲究和赞美的“带病坚持上课”是有关的。很多人的意思是，这么多人在看，就算骨折了也要爬到终点，并自作聪明把这种其实是取悦国人的表演认为是体育精神。甚至有某些一直接受假大空教育的体育评论员还认为刘翔应该走完110米，以便取悦于他和某些观众，接受以他为代表的那一类人对于体育的理解。其实这根本就不是体育精神，这就是煽情，是超女精神。奥运精神就是国家为重，从事体育的目的是为国争光，那才是对体育最肤浅和反动的理解。还有人会觉得刘翔如果有伤，那么应该提早退赛不应出场告知大家。当然，估计这么想的都是刚买了决赛高价票的。

其实我个人也希望我的读者给予一个运动员真正的理解。就是受伤退出了某场比赛，没有能够获得金牌，那对于一个运动员来说是再正常不过的事情。但是这场比赛对我们意义重大，大家都知道，我们说，奥运是不政治的，但其实我们的奥运是最政治的，我们说，体育是全民的，但我们的体育是最不全民的。体育，尤其是拿奥运金牌对我们来说是政治任务，对于很多运动员来说也是一生命运所系，这就是为什么我国的举重如此出色。所以，在中国人民的好朋友埃蒙斯打了一个4.4环的时候，我虽然为他觉得非常的遗憾，但我还是高兴中国人拿到冠军的。这种高兴不是什么民族自豪，是为这个中国运动员的个人而感到高兴。除了个别一些国家，人家很多发达国家的老外拿不到就拿不到了，回去后生活没有什么大的影响，但在我们国家就不一样，这足以完全改变一个运动员甚至一个团体或者一个体育项目的命运。因为体育是我们展示强国形象的一个手段。大家都希望自己国家的运动员能够拿金牌，但我们很多时候只能感受到体育的政治任务感、体育的民族自豪感、体育的象征意义，很少感受到体育的乐趣。

因为如此，我才特别希望我们的运动员能拿金牌，因为他们都太不容易了。最好全世界所有的金牌都归我们拿，因为金牌对于我国运动员的意义比其他国家运动员要重大很多。当然，射箭的金牌还是要给韩国几枚的，要不然他们会认为这些中国运动员都是韩国人。朝鲜人民也要给几枚，相信他们和我们的心态差不多。

刘翔依然是我最欣赏的运动员之一，在电视里看到刘翔伤退，我根本没想这对于国家荣誉怎么怎么样了，但是很为他本人感到遗憾。我希望他早日康复。对于一个运动员，尤其竞技体育的运动员，一点儿小伤就完全可以改变一场比赛。我的右腿膝盖和脚也一直有伤，在赛车的时候完全没有影响，依然可以赛出最快的时间，但是昨天我去踢了一场球，脚就真的不行了，所以我特别能理解那些有伤痛的运动员。

至于一些关于刘翔广告做得太多的指责也是没有意义的，这些广告体育总局抽水不少，而且也花不了什么时间。在任何国家，类似这样的一位杰出运动员做的广告都不会比这个少。当然，我们肯定希望看到一个运动员可以不做任何广告，一直训练，我们管这个叫“专心训练”，日子也很清贫，但是不断拿冠军，我们管这种冠军叫“为国家争得荣誉”，等到退役以后也没什么钱，大家也把他们都忘了，几年后突然冒出一个新闻，说某某奥运冠军去给人搓澡了，大家也就唏嘘感叹几声世道。

其实，世道是由唏嘘感叹的人构建起来的。我希望刘翔可以再次拿到世界大赛的冠军，而弥补这一次失利的最好办法是再次打破世界纪录。当然，打不破也不妨碍他是中国最伟大的田径运动员。他赢得了这个项目所有的荣誉，很可惜的是他不知道能不能赢得国民的理解。

2008年8月18日

编者按：2008年8月18日，北京奥运会110米栏比赛现场，刘翔站在了属于他的二号跑道上，他尝试性地跨过了三个栏，然后突然表情痛苦地倒地不起。11点38分，预赛第六组发令枪响，已经无法忍受疼痛的刘翔往前冲了几步后，瘸着腿停下了脚步，然后他撕下了腿上的号码布，宣布因伤退赛。

这和一个人有钱到一定程度就要开奔驰、宝马一样，
一个国家有钱到一个程度就要办奥运。

腾讯访谈节选

关于从小喜欢体育

我个人很喜欢体育，很喜欢运动。我很早的时候是练长跑的，如果真的好好练的话，我的长跑应该可以到进国家队的水平的。我当时没有什么样特别好的成绩，我进高中是体育特招，长跑特招。但我以前跑步并不快，因为我的好朋友跑得很慢，每次在体育课的时候我得跟他们做伴，他们跑得慢我也得跑得慢。有一次误打误撞参加学校800米和1500米比赛的时候，第一次跑就两个比赛都破了校纪录十多秒，而且当中还停过，跑两圈以后，我以为到终点了，我跟同学们在欢呼拥抱了，但是我们的跑道是250米一圈的。同学们给我欢呼完以后说哥们儿还有一圈，然后我又追上去，还破纪录，拿第一。后来参加区里面长跑的比赛，8000米也都很轻松地赢了，我自己从来不训练。跑8000米的时候，在街道上警察还带错

路，后来转身对我说，哥们儿不好意思，我开错路了，然后又回到那条路上，等于我比人家多跑几百米，后来还赢了很多。体育特招进了市重点以后，学校里和松江区的包括跟体校在一起的只要是长距离的跑步比赛，我都能赢，而且都能有一个很大的领先优势。关键是我从来都不训练。这毕竟是区或者是市一级的比赛，级别比较低，但是如果我经过一些训练的话，我相信我的长跑应该是挺好的。当然不一定在世界上争得什么荣誉。我当时还穿篮球鞋在跑步，因为那个时候我爸爸一个月给我四五百块钱，我在外面寄宿，我积攒了几个月之后终于有买球鞋的钱了，但是我想来想去，当时是灌篮高手，爱面子，参加比赛就穿着很重的篮球鞋，如果有很轻的跑鞋的话，一定会跑得更快。可能是我的腿脚的形状比较适合长跑，耐力会比较好一些。

关于刘翔脚伤退赛

作为一个运动员来说，刘翔这种伤是非常麻烦的，一是时间会很长，不是马上就能好的那种，很容易复发，而且不光是脚上有隐患，心理上也会有一些担心，作为一个运动员下次再跑再发力的时候，他的心里还会担心自己的脚。我去年踢球的时候，脚也受伤了。那次我的脚不小心踢了一下地球，肿得很大，当时去拍片子没有问题，核磁共振都没有问题，但是就有那个伤，不能判断是不是有轻微的骨裂或者是什么的，所以我现在右脚的骨头一直比左脚大一些，平时走路不影响，剧烈运动会有一点点影响。还有我的膝盖也受过一点点伤，当时是在滑雪场，往下滑很刺激，可是我还没有学会拐弯，而且脚上有滑雪板分量都挺重的，于是膝盖扭了一下，也受了一点儿伤，这个都有好几年了，照说现在应该没有问题，但是有的时候会有一点点的问题，会有一些影响，右脚偶尔在发力的时候会突然软一下，支撑不住。这些对于运动员都是比较大的遗憾。

还好我从事的运动不受影响，比如说赛车，我脚有伤的情况下甚至我的右脚在缝了十针的情况下都没有问题，去年的比赛还拿了第一。可那是因为赛车，不是人在那里跑，是车在那里跑，人施展到踏板上的力还是比较小的。如果像刘翔这种是直接靠肌肉去获胜的，他没有别的东西作为一个力量的延伸，他纯粹是靠脚的肌肉，靠人类最本能的东西去比赛，所以一点点的伤就有很大的影响。像刘翔这种情况的话，就算完成比赛，我觉得也不会有非常好的理想的成绩，而且他完成比赛，对他今后的运动生涯会有比较大的影响。我觉得他还是在110米栏很有实力的选手，你不能说以后他十拿九稳肯定能拿金牌，但是绝对有这个实力去拿金牌的。我相信这种比赛，一般的小伤还是能够克服的，但他现在这个伤实在是没有办法，如果硬跑的话会影响以后的运动生涯。

所以我觉得很多的网友不用那么去指责一个运动员，因为我们的主流媒体都把这件事情粉饰得很太平，大家都表示很支持刘翔，很安慰刘翔，但是我们知道这只是我们给大家看到的一个声音，展示我们中国人的善解人意，其实事实是怎么样，相信大家上网在论坛或者是留言里会看到很多不堪入目的恶言相加。其实这是没有必要的，他已经为国家获得了这么多的荣誉，你得允许他受伤一次。因为你对刘翔是没有做出任何贡献的，你为什么要求他非得给你去争脸，争面子？人家就是受伤了。

有人说刘翔应该走完这110米，然后让大家看到体育精神，我觉得这是完全不对的。就像我们在赛车的时候，如果你的车有问题了，你觉得你的变速箱或者是引擎有问题，你肯定不能完成比赛了，你马上就会停下来，回维修区，因为你的引擎如果爆掉的话，下一场你会没有赛车。刘翔如果真按你们意思去做的话，也许大家会觉得这种假装的体育精神很感人，但是这么一次以后，他就不能再参加比赛了，你就为了取悦一下自己，让人家做这种很冒风险的事情是不对的。留得青山在，不怕没柴烧。要求刘翔走到终点，这是很搞笑的事情，全世界的人看着你，你做这么可笑的事情，那不是体育精神，是超女在那里煽情，我们可以看到很多人鼓掌。其实那样一点儿必要都没有，他就是来拿金牌的，拿成绩的，对于很多国人来说，他是向着冠军去的，如果不能拿这个冠军，输就是输，这一次他输了，输了以后，自然就退场。这是太正常不过的一件事情，那么走不光影响后面的比赛，人家还得把一个一个栏再扶起来，而且这种事情做得是很没有意义的，它真的只是一种取悦国人的行为。我们讲究的是带病上课，带伤上阵，但是在体育精神上这是不可取的。我们以前经常举一个例子，1968年马拉松运动员怎么样把一个比赛跑完了，但是这是长跑。像这种长距离的比赛，就像拉力赛当中的巴黎达喀尔完成比赛就成功了，但是短跑的比赛，就像F1一样，车不行了，你就停到旁边去，不能在赛道上溜达，如果你在赛道上溜达，是妨碍别人，影响别人的安全。况且短跑的比赛这么短距离，结束就结束了，刘翔走到终点还得走回来，这是多傻的一个过程，我一点儿都不会为此而感动，反而觉得这个非常做作。我觉得刘翔这样做是正确的。如果他有心情的话，当然他可以向观众打个招呼，但是我觉得应该能够体谅他那种心情，真的是一点儿心情都没有。

希望我国的运动员都能拿金牌

希望他们个人过得更好

因为我们对金牌太看重了，一块金牌真的可以改变一个人的一生，我看别国有的运动员拿铜牌也很高兴，但是我们国家的运动员真的很辛苦，我希望他们真的能拿金牌，多一些钱，下半辈子可以衣食无忧。我希望他们能拿金牌，我希望他们拿金牌跟国家荣誉一点儿关系都没有，我纯粹是希望他们个人过得更好。因为一块金牌对他们的个人改变太大了，我们很多人都接受不了运动员去做广告。就像写书一样，就应该在家里写书，运动员就应该一直训练，但是你如果出去做个广告，哪怕这个广告只做了两三个小时，对于他的成绩一点儿没有影响，但我们认为这个就叫作三心二意，我们很接受不了运动员在那里做广告，尤其像刘翔、姚明他们做了很多的广告。但他们就值这个身价，他们就应该去做这个广告，像菲尔普斯、贝克汉姆，他们作为运动员，和演艺明星比是另外一种形象，我觉得大家有的时候更需要运动员的一种形象。他们是靠自己的实力，是靠自己的水平给自己挣钱，你不能拿中国的很多穷苦老百姓去比，那些老百姓那么穷不是刘翔造成的，那跟刘翔没有关系。我们对他们做广告或者是什么太过于苛求，一个运动员的状态有起伏，这是很正常的，一旦状态下降的时候，我们就跟这些运动员说你广告做得太多了，所以跑步跑不快，这是没有逻辑的。我们不应该去指责他们赚得多，赚得少，他们赚的都是合理的，而且跟别国运动员不一样的是我们会抽掉很多的钱，当然这个也正常。他在给自己赚钱的同时，国家也拿了很多钱的，不是说他做一个广告钱全归自己。

一个写东西的人一旦到很穷的时候

就什么假话都可以说了

我没有做过任何东西的代言，这方面我还是比较谨慎的，但是我想如果有我觉得合适的一些品牌，我觉得很健康的一些东西，能够给我带来很合理的收入，我会去选择，因为对于一个写东西的人来说，你的经济独立是非常非常重要的一方面，比如说法拉利来找你做广告，你只要说法拉利很好，就可以拿到一千万。这是一句真话，有了这个钱以后你可以继续说真话，你有一定的经济实力，就不用担心人家断你的后路、财路。一个写东西的人一旦到很穷的时候，就什么假话都可以说了，只要能够让自己养家糊口，给楼盘吹嘘，给假药写广告都可能。包括我，我虽然一向觉得作为一个写东西的人应该很有骨气，但是真的很穷很穷的时候，爸爸妈妈没有钱，老婆在家里，孩子在嗷嗷待哺，这时候突然有一个假药商来说，你给我们的假药做一个代言，我真的会犹豫，我会想我自己的境遇，真的会考虑。我现在还没有遇到这种情况。

关于金牌

按理来说这次能够拿金牌榜的第一，但是即使拿到了第一，大家在高兴之余，也不要觉得我们是一个全民体育的强国。因为我们全民的体育还是有很多做得很欠缺的地方。也希望大家真正喜欢体育，不光光是喜欢看体育，自己也要去从事一些体育运动，如果有这方面的天赋可以参加一些比赛，哪怕不是国际性的比赛，参加一些社区的比赛、区里的比赛、市里的比赛都行，因为参加比赛对人的心理有一个很大的磨炼，不管你赢了输了，你有东西值得你去说，值得你去吹牛。这是人的不同的经历。你也可以真正地享受到体育的乐趣。我希望不管中国金牌拿第一，拿第二，当然这次有希望拿第一，大家还是要真正地去热爱体育，真正地去享受体育给自己带来的乐趣，而不是说一种虚无的民族自豪感，是真正的体育给每个人带来影响和快乐。

至于那些没有拿到奥运金牌的运动员，我觉得他们也是这些运动中顶尖的运动员，奥运会的金牌虽然没拿到，但他们很多都拿到过世锦赛等赛事的金牌，他们就是世界冠军，我觉得没有拿到奥运金牌，依然不妨碍他们成为世界冠军。

人们比较看重奥运金牌，因为奥运金牌和世锦赛不一样，我们国家现在国力发展了，国家强大了，我们特别希望得到那种认可，特别希望在各种方面都能够压倒别人，体育也是一方面。奥林匹克跟世锦赛或者别的赛事有什么不一样的话是因为奥运会我们放入了很多国家的东西在里面，我们加了国家荣誉在里面，所以你会觉得奥运会的金牌比世锦赛的金牌更重要。当然有一些例外，比如说男足奥运会的金牌含金量就非常非常低，甚至没有联赛金牌的含金量高。纵然这样，我们国家队踢得也是够臭的。但真的我们已经赋予了很多的东西在奥运里面，所以我们把奥运的金牌看得特别特别的重，觉得拿了金牌是给国家争光，拿了银牌、铜牌就是给国家丢脸，所以导致很多运动员拿了银牌都在那里痛哭流涕。我个人并不觉得这样做是很必要的，他们依然是世界冠军。可能有一些运动员他们说的有些话被当作名言，比如人家问起来两个运动员怎么比，他说那比我差多了，因为我是奥运会冠军，他只是世锦赛的冠军。

可能某个运动员说过这样一句话，可是这仅仅是一个运动员的一家之词，我们在引用的时候，这只是他的一家之词，你能找到这么一个例子，我能找到100个跟他相反的例子来。所以我觉得我们应该一样尊重这些世界冠军。而且奥运会四年一届，他们失去这一届可能就没有机会，但这完全不妨碍他们是这个世界优秀的顶尖的运动员，不应该对他们有任何的责难，哪怕这次奥运会的金牌数，美国队比中国队多一枚或者说差别就在一枚的时候我们也都不应该指责那些没有拿到金牌的运动员。最关键的还是自己开心，我觉得那才是最重要的一件事情。那些运动员也一样，没有必要把奥运金牌看得那么重。

关于发挥人的作用

我向来不推崇个人英雄主义，其实足球都是个人英雄主义的，如果一个足球没有我们讲究配合不配合的，你只能在后场自己的禁区附近打配合，那有什么意义。我觉得想象力、英雄主义、技术，所有的都是个人的，当你个人各方面的素质上去了以后，你团体、集体的能量自然会增加，美国的梦八队是临时凑起来的，平时不是一个队整天在一起训练，但是那配合每个人都是心有灵犀的，因为大家的水平都到了那个份上。你不能要求一个团体整体去进步，你个人还是那么平庸，那样永远都进步不了，应该把每一个个人都释放出来。我们不是特别推崇个人的发挥，不太允许个人的灵感宣泄，我们对于这种发挥宣泄有天生的打压，刘翔是因为水平太好了，破了世界纪录，所以我们才可能允许刘翔有个人的情感宣泄，国足肯定不行，一方面水平不到，另一方面我们天生对这种情绪有一种看不顺眼，尤其是在这种公众场合。因为我们是分两套话，一套话是私底下说的，还有一套是冠冕堂皇的话，我们有两套话语系统，到了这个地方镜头对着你，你就应该那么说话，然后在私底下，你就应该那么说话。一个国家有两套说话系统，那肯定是挺变态的。你在私底下怎么说话，到台上也是怎么说，这样才是比较合理的。我们每个人都有一些压抑，但是这个也不是最直接的问题，有可能他就是不行，我们不要老是寄希望于谁怎么样。就像有的国家乒乓球就是不行，没有办法，就认命了，那不过就是一个项目不行，就不要较劲了。

希望奥运会能够给我们中国人带来实际的利益

希望奥运会能够很顺利地闭幕，因为有很多人在那里反对这个奥运会。我觉得反对奥运也是没有必要的，虽然因反对造成了一些不便，但是从长远来说，肯定会推动一些进步，比如现在有些网站可以上了，有些话可以说，只是外国人走了以后，你还能不能上，能不能说这就是另当别论。我希望这个奥运效应能够长久下去，无论是对中国的经济还是别的方面，毕竟花了这么多的精力、心血，花了这么多的钱，真的，北京的环境的确比我两年前来的时候更好了，我希望这种好可以一直延续，而不是等奥运会结束后工厂重新开张，沙尘暴又来了，环境又变差了。我希望奥运能够给我们中国人带来实际的利益而不是做给外国人看，我希望我们的国家能够做到这一点，而且奥运会是非办不可的。这和一个人有钱到一定程度就要开奔驰、宝马一样，一个国家有钱到一个程度就要办奥运，我希望可以有第二届、第三届的奥运会在中国举行。虽然我们的运动员的培养模式有的时候可能不那么健康，但是毕竟拿这么多金牌也能刺激很多喜欢体育的人自己去从事运动。我觉得奥运还是有很多好的地方，所以真的是希望它可以很顺利很圆满地闭幕，不要出任何大家都不愿意看到的一些事情。

2008年8月21日

我们不能觉得运动员拿银牌就是坏事，

退赛就是怕事，拍广告就是多事，只有拿金牌才能没事。

可怜的运动员

中国的金牌数终于是世界第一了，这是一件极大利好的事情。有些人说，这花了很多的钱，这是一个靠体育树立强国形象的政治任务，这和全民的体育还是有很大的差别，其实这些苛责是没有必要的，因为你们说的都对，所以早拿早超生，要不然我们还得一届一届地冲击。现在拿到了第一名，就可以多腾出脑袋去想想别的。

现在拿了这个第一，首先最应该感谢的是运动员个体。为什么把运动员当作个体呢，是因为我们国人很多时候不把运动员当成一个个体的人类来看待。因为国家体制的关系，所以培养运动员用的确实是公款，既然是公款，我们就自然理解成是纳税人的钱，所以再一联想，就觉得培养出来的每一个，自己也是有股份的。于是，浪费纳税人的钱成了一种新的指责。

我在现实生活里看到两个小孩在聊天，关于刘翔的问题，大意是一个说刘翔就算给我爬也得爬过终点，像个逃兵算什么；另外一个的立场是，刘翔是用纳税人的钱培养的，他要退赛还得问问广大的纳税人同意不同意。

当然，抱有这种观点的人基本上从来没纳过税。

而那些跟着大呼小叫的人，搞得自己好像在这个国家里从来没见过除运动员外其他浪费公款的人了。

所以，运动员可怜之处就在于，其实他们压根没花国家和纳税人多少钱，我们老是说，培养某个运动员花了几百万，就好比航空公司面对飞行员跳槽的时候说培养一个飞行员花了多少钱，某些车队不想让年轻车手转会的时候说培养他花了多少钱一样。有小车手要去别的车队，我们就说，你得赎身，培养你花了我们一千万啊。的确，我们把修赛道和修赛道旁厕所的钱都算到你头上去了。当然，就算你赔了这个钱，厕所我们还是不拆掉的。而很多运动员成功了以后做广告还给单位赚了很多钱，单位抽的水绝对比老鸨抽的水要多。但是因为他们承担着一些体育以外的东西，所以在某些特殊时期受到的冀望是很大的。在很多时候，一些贪官污吏那才是压根在浪费纳税人的钱，而且是大笔大笔的，一笔就能培养几百个国家级运动员。我们作为纳税人，看见也没什么剧烈反应，但运动员一旦错失金牌，获得银牌或者其他成绩，就会被很多人指责浪费了他们纳的税，辜负了栽培。

作为优秀的运动员，失误了受点指责是可以的，但不应该是这种。

今天，男子十米跳台，我们获得了银牌。虽然国内很多媒体都假惺惺地表示了对新人的安慰，但标题都是“中国跳水队未能实现八金梦想”“中国遗憾失手第五十枚金牌”这类的报道。我想说，包揽金牌肯定不是一件好事，你一直包揽着跳水乒乓等项目的金牌，迟早有一天，只要人家没兴趣练了，跳水和乒乓就会像垒球和棒球一样，从奥运会的名单上消失。虽然这不妨碍“全民健身”的“宗旨”，但是，这对我们这些爱金牌和爱面子的国民来说，无疑是国难，所以，我们拿大多数金牌，再让其他国家拿一些，无论对于我们或者这项运动都是有益的。

另外，冲击不冲击金牌五十枚、奖牌一百枚其实是个没有意义的东西，我怕我们太看重这个，会使某些运动员的个体受到不公正的待遇，比如明天拿了亚军或者拿了第四的运动员们。

我们不能觉得运动员拿银牌就是坏事，退赛就是怕事，拍广告就是多事，只有拿金牌才能没事。

再另外，我想奉劝一些一心想让自己的子女从事体育比赛并且家境比较富裕的家长，只要能承担，还是自己花钱的好，免得动不动就是国家培养了你，纳税人培养了你，一方面以后如果有巨大成就，也不需要莫名其妙被人分钱，另外一方面如果什么时候不高兴了，就可以不玩了，成绩不好也不用承担亿万股东的指责。

在这届奥运会要闭幕的时候，我希望每个运动员都开心起来，他们太辛苦了，在这样的和平年代，首先要恭喜他们为自己赢得了个人的荣誉，其次才是顺带为国家赢得了荣誉。只有每个独立的个体享受到了归属自己的荣誉，国家才能有真正的荣誉。

2008年8月24日

七天前有记者问我，你觉得这次北京奥运会将给中国带来些什么呢？我告诉他，很多混血儿。

搞什么搞

今天看到一则新闻，说足协的领导在总结国奥失利的时候，把矛头指向了一个国奥球员，因为他竟然在奥运期间开房去了，九点五十开的房间，十点二十就退房了，虽然时间短了点，但是目的昭然。

其实，这个运动员是很不幸的，大家都知道，国奥的失利和他去上了个女人没有什么大关系。不是说让运动员憋一个月不做爱，到了球场上就马上能射。

足协的领导要表达的意思莫过于组织性和纪律性。其实在一项运动里，尤其是集体运动，把组织性纪律性摆在第一位肯定是不当的，足球踢得好不好的评判标准就是足球踢得好不好，而不是不能开房间，不能留长头发，不能文身，不能奇装异服。话说回来，就算我们的足球运动员这些都齐了，球还是踢得很臭。

在中国的球场上，我们最缺少的是个性球员，当然，个性球员的前提就是球踢得够好，要不然那些个性就变成让人讨厌的事物。

不过估计在我们的足协领导下是出不了这样的球员的，因为现在足球的制度就像中国的教育制度，过于讲究全面发展和集体意识。其实像中国国家队这么一个球队，我觉得索性就别传球了，每次在球员抬脚前，连我妈都知道是几号传几号，何况巴西队，所以咱们索性从下一代就开始全部钻研怎么盘带，到实在不行了再出脚，这么一支球队就算成绩差点，好歹也算能让人记住。

回到开房间的问题，其实运动员在比赛前开个房间是很正常的，不能因为自己的运动水平差点而不开房间了。就我所知的赛车而言，无论国内还是国外，高水平还是低水平，开房间是不可少的。很多国外优秀车手的习惯和一些国家的习俗就是比赛前必须搞女人，这样比赛才能平安，所以我还见过赛前大半夜三点还在街上找小姐的车手。我相信一场赛车要消耗的体力绝对不比一场球赛少。包括优秀的足球运动员和篮球运动员中，喜欢吃喝嫖赌的也不算少，我的观点一直是，只要你的水平足够高，你爱开房间就随便开，但如果你的运动水平不够高，也不是开房间造成的。

国奥队这次其实发挥得很正常，中国足球就这个水平。中国需要的不是球员的改革，而是领导的改革，而一个运动员是需要性生活的，奥运村那十万个安全套不是给志愿者的。这次有很多的老外来到了北京，虽然北京没有明妓，但包括很多运动员在内，奥运的17天内有过性生活的绝对不算少。毕竟，这才是所有运动员都会的一种运动。所以，不能觉得外国运动员搞中国女人就是正常的，而中国运动员搞中国女人就成了这项运动失败的一个托词。

七天前有记者问我，你觉得这次北京奥运会将给中国带来些什么呢？我告诉他，很多混血儿。

2008年8月29日

国内很多观众喜欢看的所谓故事，我一直觉得这不重要。

美丽的梭罗河

我看电影基本上在郊区的新城区一个新建五星电影院里，这个电影院有一点点超前，环境很好，但人很少。无论什么样的电影，去那里基本上都等于包场看。而且都是首映的当天。《黄金甲》几人，《伤城》包场，《天堂口》包场，《太阳照常升起》六人，最后看完变成了三人。在看《天堂口》的时候，我差点起立鼓掌，尤其是扮演苦难的乡下人但操着一口华侨口音的吴彦祖拿着把小手枪，三发子弹杀了五个人的时候。

在看《太阳照常升起》的时候，我前面坐了两个女的，让我一生难忘。姜文一直在追求HIGH的片子，但怎么追求都没有这两个观众HIGH，她们五秒钟要笑一次，就像是从美国情景喜剧片现场卖笑的观众中逃出来的。片子的第一镜头，她们大笑，里面的人几乎每说一句话，她们都笑得快不成了，镜头里出现陈冲的口罩的大特写，就一大白屏，她们也笑，甚至开场看到了电影局放映许可的那条龙，她们居然也笑了。我在她们上面揣测她们是什么身份，什么路子啊，难不成笑气中毒了。

后来我想，可能是姜文七年拍一部电影，这两个女的是姜文的忠实粉丝，姜丝，所以憋坏了。我正想着，在看到第二个黄秋生的故事的时候，她们突然站了起来，走了，从此以后再没回来过。这比电影难懂多了吧。

最近姜文的创作和王朔的都有一个趋势，就是宣传的时候说，这很难懂，然后一大帮笨蛋在那里喊，我看了，真的不懂。但最笨的那几个就在那喊，我懂了。很多时候其实是人家在逗你玩，但问题是这样的逗你玩是不是有必要。作品里其实没有什么在我们国内来说敏感到要玩点智商的程度。对于姜文的这部电影，有人感叹于他的想象力，感叹于周韵踩着一片泥巴就漂走了。可如果觉得这样就很HIGH的话，大家可以去看看国外一个叫《地下》的片子结尾，看看人家是怎么脱离共产主义社会而漂向共产主义的。我们不能这样拍。

至于我们喜欢的所谓HIGH，手法HIGH和想法HIGH是不一样的。这部电影里，对于看电影比较少的人来说，我们的确可以看见一些比较HIGH的手法，但没有HIGH的想法。火车旁边的歌舞虽然HIGH，但歌舞本身其实就是个HIGH的东西。如果湖水和草，蓝天白云都能很HIGH，那就真的很HIGH。

国内很多观众喜欢看的所谓故事，我一直觉得这不重要。电影和小说一样，情绪气氛感觉是重要的，那是——情怀。而你要去看曲折离奇的假故事，那就去看《故事会》吧；你要看感人肺腑的假故事，就去看《知音》吧。或者你去看电视剧吧，里面什么故事都有了。《太阳照常升起》也没讲个什么复杂的事，说到底，它其实就讲了大水冲了龙王庙的故事，告诉我们，其实什么事情，都是过不去的。虽然姜文说，这片子告诉我们，没有什么时候是过不去的，明天的太阳照常升起。

但这依然是国产电影中很好的电影，他在一些气氛的营造上很好。音乐和景的配合都让人觉得舒服。导演本身也有追求和品位。影片也有了他的情怀。这是国内少有的拥有情怀的电影。我个人不是特别喜欢第一段，比较喜欢第二段。尤其是黄秋生唱歌那段。至于黄秋生为什么莫名其妙死了，废话，不死的话你们能讨论吗。

和朋友何东的意见不同，虽然大家都赞叹于片子的想象力，但我觉得这部片子缺少的，就是真正的想象力。这不是片子主创的责任。

2007年9月17日

狗啊，给我点狗屎运吧。

记录

前几天在给饶雪漫的《离歌》拍MV，王家珧主演，胡歌演唱。这也将是我拍的最后一个MV了，以后再也没人有机会出现在我的MV。

此乃绝V。收手。

我不会在MV上浪费我的情怀了。我一共拍过6条，用于磨砺队伍和自我学习。现在足够，不能再拍，再拍就废了。而对于35毫米胶片，这只是个开始。我想以后大家会为此感念。

这次为了摄影的美好，我把自己平时探险积累的很多景色都用上了，景里有颜色的完美组合，交给了我信任的摄影师廖拟和张磊。这些都是我留给电影的。我们的美术是大自然。三天来大家都很辛苦，我就先谁也不谢了，等出片吧。后期的制作需要14天。当天晚上送去冲洗，昨天TC和调色，今天从一早到现在忙初剪。基本完成，后几天都是往里面进零碎的东西。

做完这个我就去赛车了。今年要卫冕冠军很辛苦。我的心态和技术已经空前强大，只剩下运气是我不能决定的。狗啊，给我点狗屎运吧。

2008年2月22日

至于中国电影的出路，简单得很，

两个方向，一个是电影分级制度执行，

另外一个是电影审查制度的取消。

中国电影金鸡×奖和百花痴奖

最近收到两位朋友的热情邀约，并给我发来长达千字的短信，让我参加中国电影百花奖的大众评审团，但是因为我实在不喜欢金鸡百花鲁迅茅盾奖，所以我就只接受了一个采访，电影节我就不出席了。

关于采访，我回答了几个问题，在这里稍微整理一下。

第一就是《集结号》和《疯狂的石头》都是大热门，我会把票投给哪个呢？我的意思是反正觉得这类节不节的其实普通人的票基本都是炮灰，所以我就不投票了。但是我不想让《疯狂的石头》得奖。原因很自私，因为《疯狂的石头》算是好看的片子，但它并不是我心目中的好电影。而且因为《疯狂的石头》的成功，让中国电影的某一方面走到另外一个不好的概念里，我的一些年轻朋友在找投资的时候，投资人总是以我给你一百万，你要拍出一部《疯狂的石头》来说事。其实中国不缺宁浩那样的导演，未来也不会缺《疯狂的石头》那样的电影，中国缺少的是类似昆丁、科恩兄弟那个类型的导演。另外，《疯狂的石头》投资了几百万，赚了几千万，这当然是件好事情，但是它的成功是因为片子本身不错，而不是因为投资多少。

第二就是说回来为什么中国缺少好的导演，不是因为没有，是因为不能，一些好的导演如果来中国，八成会变成政治犯。当然，我说的不是娄烨，因为娄烨不算是好的导演。所以，很多时候责任不在导演们，他们的生存环境也相当恶劣，年轻的时候要看投资方脸色，成功一点终于能拍自己想拍的东西了又要看电影局脸色，终于成功了又要看最不喜欢看古书但如果不根据古书拍个大片就不掏钱看电影的观众的脸色。在此希望电影局可以放宽电影的尺度，不要再延续前苏联那套了，你看前苏联都倒闭了。况且现在的老百姓不会因为看了一部拍得放一点儿的电影（其中的“放”不单指女演员）而社会动荡。所以，在这样的环境下，导演他们也不容易。

但是活该。

第三就说到了周星驰。周星驰是我很欣赏的一个演员，他真的非常好，作为演员他很有创造力和想象力。在中国电影里，我认为《大话西游》其实是排在《阳光灿烂的日子》之前的。而他早期的电影很多都非常好看，像《鹿鼎记》《唐伯虎点秋香》等都是很好的片子，但可惜的是他做了导演以后的三部片子在我看来不是很好，甚至一部比一部差。所以，我只能说他是一个好演员，但至少现在还不是一个好导演，不是人飞到天上去就叫想象力的，想象力和特技之间没有任何必然的联系。

第四就是关于国产电影节。因为选好的国产影片着实不易，但选不好的却竞争激烈，所以我建议金鸡百花以后还不如专门评选中国电影的最差片子，然后改个名字，但也要延续传统，官方的就金鸡×奖，民间的就叫百花痴奖，这样说不定能重现繁荣。

至于中国电影的出路，简单得很，两个方向，一个是电影分级制度执行，另外一个是电影审查制度的取消，可惜得很，这两个我们都无能为力。

2008年9月4日

电影就是人的梦想，你怎能忍受做梦做一半，

有人告诉你，你不能这么做。

关于中国电影的十堆炮灰

前两天写了个文章，有人说，你不能什么事情都想着恨不能毁灭它，你要想想建设性的意见。但我一直很了解，只要你不是人家的领导，所谓的建设性意见基本是没人理会的。在中国，有些事情，你也不知道人家在顾虑些什么，有什么可顾虑的，但人家就是有很多顾虑。作为一个普通的电影观众，我就提一提我本人的炮灰式建设性意见，我认为要让中国电影发展起来，需要做的事情有：

1.实施电影分级制度。这个是老生常谈了。

2.取消或改革电影审查制度。在网络、图书、电视和电影中，电影的审查是最严格的，可实际上电影的影响力往往是最小的。可能有人顾虑电影容易产生国际影响，但国外电影节那帮人什么没见过，不就那些事嘛。你现在是不让拍，所以有些人削尖了脑袋打着

擦边球也要拍，一方面是考虑到外国人的口味，一方面是觉得自己像个牛逼导演，一方面也享受偷人的乐趣。索性放开得了，随着网络的发展，大家虽然都是农民，但至少已经见过县城的模样了，恐慌和动荡永远不是由文化引起的。

总之，一个做事情思前想后、束手束脚尽是条条框框，一天到晚光顾着惦记什么什么是不能触碰的，除了投资方，还有一个官方机构可以随时要求你修改内容的文化领域，肯定无法迎来真正的繁荣。虽然这几年电影审查制度稍有放宽，但还远远不够。这不是主创们想象力的问题，而是敢不敢想的问题。

电影就是人的梦想，你怎能忍受做梦做一半，有人告诉你，你不能这么做。

3.取消或改革电影家协会。虽然我不知道影协是干什么的，但我知道作协干的是什么。在我国，协会组织和邪教组织造成的危害往往相当，很多协会严重影响事物本身的健康发展，协会规模越大，本体发展越差。要么协会就是官方办的，索性还好点，好比主人从小养条狗。所谓的民间协会，对官方的巴结服从更甚，这就好比主人半路捡条狗。什么作家协会，电影家协会，摄影家协会，戏剧家协会，全部遣散得了。人家的协会是帮会员争取福利，扶持事业本身和年轻人发展，甚至必要的时候和相关势力对峙，我们协会干什么了？把会员圈起来免得跟主子闹事，打压年轻人和限制自身发展，最终自己成为了相关势力和最大阻力。

比如电影家协会，这么一大号人，有人能告诉我，他们究竟在干什么吗？

所以，重申一次，在我看来，中国所有的艺术类的协会都是对该艺术发展的严重阻碍，应当全部解散，可以组织一个中国艺术家养老协会来进行收容。

4.正确处理盗版。既然盗版在中国难以控制，牵涉到很多地方保护，那应该对盗版碟收税，一张D5的收一块钱，D9的收一块五，虽然成本可能会转嫁到消费者头上，但毕竟你是买了盗版了。这笔钱作为基金主要用于扶持年轻导演，投资年轻导演处女作。一切扶持的力量要给予年轻人，年轻人和年轻人。

5.电影票降价。扶持县镇级电影院。

6.正版碟降价。

7.将中国大学生电影节、百花奖、金鸡奖合并为大花鸡奖，好好办，别搞得像茅盾文学奖似的。

8.取消初高中的政治课，加入影视课。想来想去只有政治课学不到什么东西。如果不能取消，那么就用人品课取代政治课得了。你看看我们国家有多少政治过关但人品残缺的渣滓。

9.联手中国的大型国企外企，由几十家企业赞助一个巨大的扶持年轻人的计划，联合盗版碟里收来的钱，将投资分为5万短片，100万、300万、500万长片等几个级别，这样的扶持规模可以支撑起数百部新人的电影，几乎涵盖了所有艺术学院中学习这个专长和社会上有志有才者，让每个有能力的人都有能力拍电影。当然，我们会从中发现并淘汰大量的白痴。经过数年的发展，扶持的规模大约只需要每年50部电影。

但需要注意的是，我说的是电影，不是CCTV6现在经常播放的那种电视电影。电视电影是比电视剧更低档的事物，它终将灭亡。

10.嘿嘿……

当然，当然，有些人会觉得，什么叫让中国的电影发展起来，就是一派胡言，我们的电影，发展得好得很嘛，你看那票房，你看那影片数目，都代表现在是中国电影的巅峰。那好吧，我真诚地希望这是中国老款电影的巅峰，让新款的电影来吧。

2008年9月13日

这也是除了安然老死以外最好也最英雄的一种死法，

希望有天我也如此。

写给徐浪

徐浪去了。

他是中国赛车界最好的拉力赛车手，两年的拉力赛一号车得主。我认识徐浪是在2002年，那时候我刚刚参加拉力赛，不会开，最好的方法就是坐一坐高手的车。他那会儿在我目前所在的上海大众333车队。我把我的破车开去了浙江的武义，他的老家。我坐了一下他的赛车，终于明白了拉力赛是怎么开的。从此以后，我也能做出很好的赛段时间。

然后我每年都要去一两次徐浪的家，他是我见过的最调皮但最稳重最坚强的中国车手，也是我最好的朋友。每次去他家，他都要请我喝茶。我天生不喜欢喝茶，也品不出茶的好坏，所以只能逗他家的狗。他的狗因为追杀他妈妈养的一只鸡，那几天被关禁闭了，所以格外珍惜每一次放出来的机会。后来在温州举行的短道赛上，徐浪把自己新养的小拉布拉多带去了赛场。那场比赛他和我在两个组别都获得了胜利。这也是去年的最后一场正式的比赛。我们都很高兴。

他去年和几个朋友组建了一支叫无名的车队，本来一直邀请我去，我说，你们花自己的钱比赛，我压力大，撞了车你们也不好意思说我，我就更不好意思，等你们有了赞助商我一定过来。因为和他在一起比赛和玩是一件非常有意思的事情。他是非常讲义气的人，又爱开玩笑。他最喜欢当着人家情侣的面说，你上次带过来的好像不是这个女朋友，然后再加一句，你踢我的脚干吗。

在我认识的中国拉力车手里，他即便是水平和天赋最高，但仍是最好学和最勤奋的。因为赛车有很多不同的领域，每次看见好的场地车手或者越野车手都会请教，他已经来过两次天马山赛车场，租车或用自己的车和我一起切磋柏油路面的开法，还一直谦虚地说要向我学习。就在一个月前的上海拉力赛上，他已经是中国柏油路最快的N组车手。但是因为第二天的离合器打滑，维修超时，被罚了三分钟，从遥遥领先排到了第四。他说，早知道我今天起步就温柔一点，反正领先那么多了。

我最后一次请徐浪吃饭也是在那次比赛前，因为急着吃完要去开车手会，但没地方停车，我们就把车违章停在一个已经关门的商场前面，我们在楼上打赌说吃饭下来以后会不会贴违章条，徐浪说，会贴，我说，我只能赌不会贴，赌一百，愿赌服输。下去以后我就赢了这一百，我还在琢磨着怎么把这一百块钱再输回去，可惜现在永远没有机会了。

他离开上海前，我们一起去天马山看过摩托车，我说，我要买一台，他说，你买哪台，我就买一台一样的，到时候一起骑摩托车去西藏。

我问，我刚开车去过，可是骑摩托车这么远会不会太辛苦了？而且你看这个车，骑着也不舒服，妞坐着也不舒服。

他说，我们再叫一个维修车跟在后面，让她们都坐汽车。

我说，行，但我得再买一个大的沙滩车，最好有半个汽车那么大。你老家有没有。

他说，我老家那里你以前去看过的那个工厂扩建了，现在什么都有，等我这次从俄罗斯回来，我们就去工厂里看摩托车。那里还有遥控的船……

我觉得我是一个很自由的人，但我有的时候都很羡慕他的生活态度和生活方式。他身为中国顶级的车手之一，也是在拉力赛上最有实力和那些欧洲冠军的外援们抗争的车手，他从来不把赚钱当成第一目标，他说，反正赚多少钱都是亏，自己练车每年都要花很多钱，还要不断自己花钱去参加国外的比赛，在国内比赛还是图个开心。就怕在车队里待着不开心，所以今后不如和我一起组建一个拉力车队，自己去拉赞助，不看老板眼色，爱怎么玩怎么玩，想换什么配件就换什么配件。

在上海比赛的时候，他还说，中汽联组织为地震灾区捐款，他们的无名车队虽然没有赞助，但还是打算捐款50万，后来一看别的车队都捐得比他们少，所以决定少捐一点，免得尴尬，再说一个没赞助的车队还捐那么多，以后是不是就更难拉赞助？以后要一直叫无名车队？

我当时就笑了，说，你这个赞助什么时候有啊？

去年的巴黎到达喀尔拉力赛取消了，所以大家都改参加这次穿越东方拉力赛。我在想，如果达喀尔不取消，是不是就不会有这样的事情。而且他在巴黎到达喀尔拉力赛中获得过中国车手的最好成绩，第十九名。虽然他本人不是很满意，他觉得只有进前十才有意义。我说，人家的车跟你的完全不一样，人家是厂队的长车，完全的钢管车，可以直接从三楼掉下去继续开，你这个只是做了一点点小改装的普通车。

为了那次巴黎到达喀尔，他去国外试车和训练了很多次，回来说，这次的车很好，很刺激，第一次开这个车的第一个拐弯，我差点就开翻了……你应该来试试越野赛。

我说，如果有厂车我再来参加越野赛吧，我还是更加喜欢拉力，更刺激，更快。

徐浪说，这个也很快的，你一定要来试一下。

这两天我每天打开电脑都要看穿越东方拉力赛的消息。徐浪依旧很快，在前十名，而且前一个赛段还在第五，是中国车手中参加国际越野赛最好的赛段时间。我还想打电话给他恭喜一下，但是他在俄罗斯没能拨通。昨天，他在帮助别人拖车的时候，拖车绳断裂，拖车钩打在了他的头上，十分钟后他被直升机送走了。

知道他受重伤后我打了很多电话，都没有得到确切的消息。也有朋友来问我，我安慰说，应该不会有什么事情，因为他有头盔保护，可能是打在脸上晕菜了，最多崩掉几个牙，毁点容，泡妞一时要困难点。虽然对于他不能比赛有点可惜，但我还是觉得应该不会有问题，回来后还想问他，坐直升机什么感受啊？我觉得这个爱玩的家伙，说不定又会喜欢上直升机，回来就盼着多赚点钱和中国的低空领空开放。

到今天早上，我还和汽联的朋友通了电话，说现在还在昏迷。

我想，这一针麻药药效够大的。但当我听说，当时他下车是摘了头盔的，便非常担心。

刚才我得知，徐浪因为伤势太重，抢救无效，已经去了。

他一直是个乐观的人，也是我见过的最开朗和好客的人，无论在他最困难的赛季有多少的事故和故障，都从来不曾悲观，在他退出比赛的时候，看见我的赛车过来都还会等在一个赛段里最慢上坡的回头弯那里跑过来击掌。事后我俩见人就吹，说我们在比赛中完成了一次握手和对话。

后来他越来越稳定，很少退出，但因为他很快，所以每次退出的时候基本都是在第一名的位置上。他的乐观感染了我，之后，我每次在领先的时候退出都不再怨天尤人，这都是胜利路上的代价，而且我们来比赛，是为了自己开心，如果一直不开心，我们也失去了比赛的意义。

去年，麦克雷意外去世了，徐浪非常难过。不想今天他也走了。我想，他可以在另外一个世界和麦克雷、伯恩斯一决高下，那里应该有着同样快的赛车，而且永远没有故障。

他是中国赛车的英雄，也是中国最好的职业车手，他死于最喜欢的事业和理想，死在了热爱的赛道上，这也是除了安然老死以外最好也最英雄的一种死法，希望有天我也如此。

虽然这些都来得太早，虽然这是中国赛车界一个巨大的损失，但他已经是中国赛车界最伟大的传奇人物。能成为他的朋友，并且在他身上学习到很多驾驶的技术，我觉得很荣幸。我现在的砂石路驾驶方式里，有很多是从他那里学来的。

我希望可以继续把他没有完成的事业完成，包括他说的越野赛，以前我一直不喜欢越野赛，但我想我以后会去参加的。也希望我将很多冠军献给他，这位中国赛车的传奇人物，我最好的朋友。我向你致以真正的最高的敬意。

安息。

2008年6月18日

你年轻的时候获得了第二，你老了可以向孩子们说成第一，这是道德允许的，但你如果从来没尝试过，你就只能闭嘴了。

生而为向小孩们吹牛

徐浪已经去世两天，我、王睿和少峰都在等他的遗体早日回家，到了机场以后我们将一起送他回自己家。我觉得这个世界上，一些热爱生活、喜欢开玩笑的人，有追求的人，反而容易被生活开个玩笑，被死亡追求去了，包括唱片公司的王老师，都是如此。就像汽车到了使用年限报废了才是好的一样，我觉得人生而为了老死。虽然过程中有很多意外，我们也要为这个目标不懈努力。我也希望你们，不要对生活有过多的责难，不要故作抑郁，不要怨天尤人，找到一个喜欢，一个事业，一个事情，一个东西，一个女人，一个男人，并且搞定。万一没搞定，那就再去找到一个喜欢。

你可以对世界悲观，但要对生活乐观。你可以对人生悲观，但要对生活乐观。

徐浪的孩子现在是负四个月大，他的妻子怀孕五个月了。我想我们几个朋友都会替徐浪向他的孩子吹嘘当年他父亲的英勇，并艺术夸大。

大家也是，做一些法律允许，自己喜欢，向来不敢的事情。要不你拿什么向你的孩子和孩子的孩子们吹牛？！你年轻的时候获得了第二，你老了可以向孩子们说成第一，这是道德允许的，但你如果从来没尝试过，你就只能闭嘴了。

2008年6月19日

一切没有意外，只是多些波折，我们迟早会再见面。

送徐浪

大家好！

徐浪为人很好，有很多兄弟朋友，能作为他的朋友代表来送他一程，这是我的荣幸。

我在2002年的时候来到武义和徐浪一起练车，他教了我很多拉力的技术。之后，我每年都会来两三次。

和徐浪在一起是非常开心的事。他是一个那么乐观的人，即使在最困难的时候，也不曾愁眉苦脸过。作为他的朋友，我们更多的是和他分享快乐，却很少分担痛苦。因为他总是一个人承担，把最好的留给朋友。

他真的很爱开玩笑，在参加这次比赛前的上海拉力赛上，我们约好等他比赛完7月3日回到家乡武义，就一起去看摩托车。而此刻，就是7月3日的上午，我们却是这样见面。徐浪，你真是太会开玩笑了。你这算是没有遵守兄弟间的约定啊！

可是我们都不会怪你，因为你从来都是说到做到的，从来都是那么的热情、义气、豪爽，那么愿意帮忙。哪怕是陌生的新手，你也都是不厌其烦地帮忙和讲解，能做你的朋友，是我们的荣幸。

徐浪，你是那么地有感染力，虽然有的时候你的某一个笑话我都听过两三遍，可是每一遍听都还是那么开心。和一个乐观而且一直在追寻自己理想的人在一起，时间总是过得很快，可是我们都不愿意接受的是那么的快。

你在的时候总是提起你的其他好朋友，现在我们和你都成了永远的朋友。朋友之间，不是我送你，就是你送我，总有人会先走，先走的人会得到最多朋友的相送。

即便我们是那么地不愿意，多希望你只是在开玩笑，说你只是想看看你到底有多少个朋友。

徐浪，能成为你的朋友我很开心，我也会向我以后的朋友常常再吹起你。你的小孩也请你放心，朋友们一定会像自己的孩子一样照顾他，对他说起他父亲当年的惊人车技和为理想而死的传奇事迹，你短暂辉煌的一生已经是他可以骄傲的资本，而我们这些朋友也都会为你作证。

如今，你成了中国赛车界一个永远的传奇，我相信你的朋友们都会像你一样乐观坚强地生活，一切没有意外，只是多些波折，我们迟早会再见面。希望大家都好好地生活，用很老的我们去见永远年轻的、优秀的徐浪！

2008年7月3日

这就等于回家告诉爸妈自己考试考了100分，

其实120分才是满分啊。

对于中国C-NCAP的质疑

C-NCAP是中国汽车研究技术中心的碰撞测试简称，是近年来中国比较权威和官方的碰撞测试。总体来说，有这个东西是要好过没有的。以前中国的汽车为了证实自己安全，老是自己撞墙或者玩个技巧性的翻车来搞噱头，还用自己的车发生了重大交通事故但人居然都没死这样的偶然事件做新闻宣传。有了C-NCAP之后，好歹是有了个可以用的标准。

但问题是这个标准似乎不是很标准。首先，我们的C-NCAP撞击门槛偏低，这点有误导消费者的嫌疑。NCAP是欧洲的碰撞测试标准，要比我们这里的高很多，一般得到最高的五星比较困难。而很多消费者容易把这些碰撞标准不一样的测试搞混淆起来，觉得全世界都实行一个标准，而五星就是最好的。

在中国碰撞测试的低标准下，催生了一大批五星车。这些五星车型获得了五星以后，马上在媒体上大做宣传，说自己的车如何安全。我看了一下这些车，基本都是在欧洲的碰撞测试中获得了四星。当然，也是属于安全性能非常不错的车。但绝对不是“顶级”的概念。

但今天看到一个新闻，把我给笑坏了，某本田车系的汽车获得五星半的称号。原来搞半天这五星不是最高标准啊，那那些五星车型做的都属于乌龙宣传，包括皇冠、福克斯、奥得赛、明锐、凯美瑞等一大堆获得了C-NCAP五星称号的汽车，我们是不是可以告那些汽车厂商虚假宣传呢？什么“五星桂冠”“最安全星级”“五星上将”“五星殊荣”等，这就等于回家告诉爸妈自己考试考了100分，其实120分才是满分啊。这算骗人吧。

另外，我发现一个很奇怪的现象，C-NCAP对配置的要求非常奇怪，一些分数很低的车（事实上他们也的确不安全），所选用的车型都是标准配置，可能是没有正面气囊或者侧面气囊的，而大部分参评的日本车，选用的都是最高配置，也就是带着侧面安全气囊和气帘的。事实上，最高配置的车型往往销量非常小，很多标准车型是不带侧气囊和侧气帘的，也就是说这个碰撞结果的侧面碰撞结果不适用于消费者普遍选购的车型。

更加奇怪的是，C-NCAP的车都是该机构自己掏钱买的，为什么该机构这么喜欢购买某些日本带侧气囊的最高配置的车型呢？（这里“最高配置”中，主要差别在侧面安全气囊和气帘上，其他的豪华配置和安全性能没有任何关系。）难道花自己的经费越多他们就越开心吗？既然这样，为什么有的车型他们不购买带侧气囊的高端型号呢？（再次普及一下汽车知识，其实大部分日本车型的安全系数的确不错，并不明显输于德国车，很多关于日本车不安全的传闻属于偏见，我们要实事求是。）

可以预见的是，本田的该车型马上要开始大规模地宣传了。而这一宣传也会让以前其他五星厂商很尴尬，当然，我们也可以预见，在不久的将来，六星级的车型也将出现。说不定再多“交涉交涉”，世界最多星星之七星级也会诞生。

我想，C-NCAP和某些车厂之间可能是有暧昧关系存在，不过该机构的数据还是基本可以采信的，因为大致的安全性能还算准确。但是，这样对于其他一些没有和该机构关系暧昧的比较正直或者比较穷的厂家是不公平的，因为很有可能其他厂家的车会被用来做绿叶，而这些不公平的数据也可能误导消费者。对于自称公正的C-NCAP——中国汽车研究技术中心——和厂家间猫腻交易的可能性是多大呢，我判断，可能性是五颗星。我的满分标准是……

2008年1月8日

经常出现法律只能制裁守法者的事情，
结果就是良民全死光了，只剩下土匪。

2008年1号文件

我自己从来不买彩票，因为我弄不明白各种球，也没有兴趣去研究。但是我周围有不少朋友买。最早的时候我朋友黄总老是买地下六合彩，然后经常打电话问我，说“像山不是山，其实是座山”指的是个什么动物。我说这和彩票有什么关系。黄总说，其实他们买的六合彩每期都有高人出个灯谜，最后中奖的答案就是这个灯谜的谜底。我和黄总说，这是假的。但黄总从来不理会，总是研究“像山不是山，其实是座山”，然后走火入魔，说是不是座山雕啊。

后来这些骗人的、由庄家控制的假彩票被禁了。我身边又有几个朋友开始在网络上买彩票，我问，会不会是假的？朋友说，不会，买的都是正规的彩票，就是把钱打过去他们代购。朋友中有一个是喜欢研究彩票的，每次都花不少钱，如果去投注站买，就好比去银行存一万枚一块钱硬币一样，别人就只能永远等他了，他觉得不好意思，后来就在网上买。他还有一个问题是作息颠倒，他就从来没见过投注站开门时是什么样的。我说既然没被骗，那就买吧。

后来朋友跟我说，不能在网上买彩票了，因为被三部委停了。我问，哪三个部啊。他说是财政部、公安部和信息产业部。这样的事情在中国很多，我周围很多年轻的朋友，正在创业，想了一些新兴产业，好不容易熬过了艰难的时期，突然之间，某部委下了一个文件，我朋友的所有心血全部莫名其妙变成了非法的。如果坚持创业，就变成了罪犯。这次禁止在网上卖彩票，下文的三个部委都还算稍微能够沾到一些边的。

正好关心到这事，我便进行了一下研究，这次的官方目的是防止网络销售非法彩票。但大家都知道，在我国，经常出现法律只能制裁守法者的事情。比如这样的操作手法，我是非法网站，改天我换个域名，打一枪换一个地方，照样经营，但合法的网络彩票代售网站就全部倒闭了，结果就是良民全死光了，只剩下土匪。当然，也可能牵涉部门之间的利益，在我国比较著名的有MV的收不收费，结果费没收成，搞得所有的KTV都有了涨价的理由，说是因为下文件了。另外有关于燃油税到底收不收的问题，也是扯皮了半天，结果还没扯皮出结果来，油价已经涨得跟当年拟定要收燃油税差不多价钱了。还有撞死人到底谁负责的问题，今年是不管谁违章撞死人司机倒霉，明年是行人倒霉，搞半天原来是各倒霉一年啊。今年你是要做行人呢还是做司机？

很多的没有成“法”的国家或者部委文件颁布下来，大家总是觉得很莫名，其逻辑思维的诡异，利害关系的掌握，操作手法的奇怪都让我们这些不当官的老百姓或者要创业的年轻人觉得很没有安全感，大小是个单位就能下文件，下个文件就让你从劳动模范变成社会余孽。难怪周星驰不拍无厘头电影了，因为有的时候我们的行政部门都很无厘头，他只能转型。我们老是说，他们的初衷是好的，但初衷有什么用呢？就好比你看见房间里有蚊子，相关部门给你喷了半天药，结果蚊子一个没死，你家的狗死了。然后大家就质疑，你这配方是不是有问题啊。相关部门就毛了，一刀切。打开了煤气，结果全死了。

“一刀切”这个词其实是法律和行政能力落后的象征。因为一刀切谁都会。在古代，几个人里面我们才看见有一个奸细，结果没人认，最后全部活埋了。如今已经是现代，我们的奥运会选手都穿上衣服，这样落伍的行政手段还是别老出现了吧。这要是个残疾人，就好彩票这一口，那就只能找非法的代售网站了。

另外，我也很没安全感。因为我们的很多政策都太像艺术家们做的决策，那么随心所欲，一年一个样，三年大变样，十年不像样。我很害怕某天卫生部、环境总局和农业部联合下文说，因为赛车的尾气严重超标，导致了环境的恶化，引起了今年的雪灾，因此以后中国就没赛车了，改行给领导开车吧。

2008年2月7日

每个人都拥有使用恰当的交通工具、使用公众道路的权利。

我认为摩托车是恰当的交通工具。

看摩托GP，反对禁摩

今天是我第一次去现场看大型的活动，我从来没有看过任何一次演唱会和大型体育赛事。今天起床，一看是早起，才12点。发个短信问朋友，摩托GP几点开始，朋友说下午1点10分，我飞奔去赛车场。这也是我第一次在观众席观看赛车。看到这么多世界顶级摩托车手在比赛，太感人了。

罗西赢了比赛。这是摩托GP在中国的最后一场比赛，以后应该再不会来了。合同七年，提前结束。最后一场摩托GP中国站没有一个人摔车，也没有什么特别激烈的竞争，正符合了“和谐”的要求。

比赛的上座率虽然还可以，但是一眼就知道很多人是被组织来的，还有一半人居然是小学生和初中生。他们戴着红领巾列队前来，列队离去。这是多么奇怪的场景，里面的少数人可能会因此喜欢上这项运动，但骑摩托车在中国的很多城市却是违法的。这算是怂恿犯罪吗？这算是毒害青少年吗？

其实，我觉得禁摩令本身就是违法的。

1.摩托车就应该是一种合法的交通工具，既然它能合法地在城市的大部分商店购得，却不能合法使用，这什么意思?

2.飞车抢包的横行，是政府和警方或者社会环境的错，不是摩托车的错，他们本来就是不法分子，禁摩令只对守法的老百姓起效。

3.每个人都拥有使用恰当的交通工具、使用公众道路的权利。我认为摩托车是恰当的交通工具。

4.生命危险不能作为理由，交通事故导致的受伤或者死亡是交通的代价。

5.保护环境不能成为理由，电瓶车的废弃电瓶也有污染，政府没少干污染环境的事情，比如我家亭林镇，我闭着眼睛用鼻子闻都知道到家了。交通工具里，大小卡车、公共汽车的尾气排放要比那些今天就不能上牌明天就不能上路的小车摩托车严重很多。你禁了摩托，逼着一些人去买小车，也占用交通资源，增加污染。该用的始终要用，定规则的不能坐在5米长的奥迪A6里要求大家都把路权让出来。

6.很多人喜欢摩托车。摩托车有时候不纯粹是代步工具，也是文化一种。这算不算是文化灭绝?

7.电瓶车其实更加危险。速度只比轻骑慢一点点，有些的极速甚至不比50cc的轻骑慢，但轮胎尺寸更小，抓地力更弱，牵引力更小，刹车规格更差，最要命的是还无声无息，为省电，灯还不亮，喇叭又轻，我晚上好几次差点被电瓶车撞死。

8.据说摩托车造成城市拥堵，但人还是要出行，不一定所有的摩托车驾驶员都选择公共交通工具，所以可能城市更加拥堵或者公共交通工具内部更加拥堵，还是那句话，拥堵也是交通的代价。

所以，我觉得我应该拥有骑着摩托车堵在路上的权利，我也拥有骑着摩托车死在路上的权利，当然，如果不幸把别人堵在路上或者让别人死在路上了，这也必须去承受，以上都是交通的代价，其他的交通工具都是如此。

我老家在乡下，两公里内没有公交线路，我老家离镇上大约4公里，没时间骑自行车的话，本来可以骑摩托车，但我现在不得不驾驶汽车，增大了污染，占用了更多的道路和停车位，消耗了更多的能源，我觉得很不好意思。

我也不知道购买时已经附加缴纳给国家各种税金的几台摩托车应该怎么办。

我其实最早是想做一个摩托车车手，但因为我在的城市不让我合法购买的摩托车在公路上开了，于是我只能做一个汽车车手。

2008年5月5日

你看，一切都是由单双号限行引起的。

北京长期单双号限行之后

假设，如果，我幻想下：

2009年4月1日，北京开始长期单双号，按照奥运期间的规则办事。

2009年5月1日，迎来首个购车高峰，大家习惯性惦记着五一长假，能够买得起第二辆车的家庭和个人开始根据自己的经济情况购买第二辆车，买完后想起来五一长假已经取消了。没办法，政策是多变的。

2009年12月，大部分可以购置第二辆车的个人和家庭完成购置，几年内，车辆累计增加百分之四十。

同时，很多公司为了办事方便，再次购买汽车，车辆累计增加百分之二十。

2010年1月，公共交通不堪重负，大家发现原来奥运期间很多为了迎接奥运而被赶回老家的外来务工者都回来后，公共交通拥挤不堪。政府决定增加公共汽车数千辆。一辆公共汽车的道路占用面积和时间等于私车的数倍，等于车辆增加百分之五。

2010年2月，外来务工人员回家过春节，北京的公共交通压力缓解，市民提议，反正北京也发展得挺好，差不多齐了，于是对外来人员索性也实施限行，凡是外来务工人员身份证尾号是单数的只能一三五选择使用公共交通工具出行，尾号是双数的，二四六可以使用公共交通工具出行，周日一概不准出行，市民有随时根据口音要求外来务工人员掏出身份证检查的权利。但因为操作困难，而且激化矛盾，政府没有批准。

2010年3月，大批人员回京。北京市开始出现打车困难的情况，的哥的收入超越白领，重新成为新宠，嫁北京的哥成为部分女性的新口号。政府增加了大量的出租车，因为出租车可以每天行驶，等于车辆增加了百分之十。

2011年，因为卡车不受到单双号的限制，所以很多市民开始选购卡车。改装车流行喷成出租车色，以混淆视听，后来被交管部门严格查处。

2011年10月，因为车辆的不正常增长迅猛，交通又开始严重拥堵。后来大家发现，在原来的政策中，为了一视同仁，公车和私车一样，也是要根据限行规定行驶，所以，导致公仆出行不便，本来办事就不利，现在更不利索，所以在两年内，各个部门灵活——注意，是灵活——使用政策，导致公车数目是原来的一倍。车辆累计增加百分之三十。

2012年，大家发现北京实施单双号以后，车辆总数已经超过实施前的一倍，交通完全陷入拥堵。大家渐渐想明白，原来限行对于公家公司和有钱人是没有影响的，最后惨的还是工薪阶层。

2012年，因为停车位不够，四环和二环原来的奥运专用道挪到最右边，改为午夜停车道，在晚上十点后和第二天早上七点前可以免费给市民停车，但7点以后还停着的，罚款一千元。因为经常有人睡过头而遭到巨额罚款，政府在每天早上的六点半拉响防空警报，提醒市民该挪车了。

2012年5月，北京各大广场和公园开辟夜间停车场。

2012年6月，天安门广场被迫夜间开放成为停车场。

2012年10月，国庆期间爆发小规模游行，要求政府改变车辆限行政策。

2012年10月，游行停止后，政府开始重新审视限行政策，政府官员觉得，现在骑虎难下，因为现在的汽车总量是原来的一倍，如果不限行，那么等于交通负荷是2008年奥运会前的百分之两百，肯定瘫痪。

2012年11月，耗时一月，政府突然想明白，原来一个人是不能同时开两台车的，就算取消限制令，也不会所有的车都上街。

2012年12月，解限令开始试执行，在试执行的三天里，所有车辆都可以上路。政府开始鼓动百姓将自己的第二辆车二手卖出。

2012年12月1日，试执行日第一天，会开车的都开车了，本来一个家庭夫妻开一辆车，现在夫妻可以各开一辆，车流量果然增加了一倍左右，而且事故频出，交通立即瘫痪。

交通一直瘫痪到2012年的12月4日，美国的卫星监控到北京的交通三天内没有任何变化，车都是停在路上丝毫未动，以为自己的卫星坏了，运送太空人去维修，耗资数千万美金。我国终于赚到美国的便宜。

2012年12月10日，交通终于恢复正常，重新开始实施限行令，交警刑警武警特警和城管全部出动维持秩序，政府拟制定更加严格的限行令，并计划限制私人购车。

2012年，因为交通拥堵和常年不限制公共汽车和卡车的尾气污染，北京的空气质量变得更差。同时，大家发现从阜成门到长虹桥需要耗时四个小时。

2013年的4月1日，时值单双号禁行的整整第四年，北京爆发了有车一族的大抗议，所有的车辆都停放在路上，导致交通再次完全彻底瘫痪。政府出面调解，军队进入北京，但因为从六环就开始交通瘫痪，所有的军车都被堵在六环以外，军队只能步行进入北京城内。

2013年4月2日，局势再度紧张，北京所有的公司单位都宣布放假，北京终于实现了所有人一天不开车的梦想。

2013年4月3日，济南军区的二十万陆军进驻北京，以防万一。但这次奇特的抗议中，老百姓都选择了待在家中，因为反正车都停满了街道，政府也挪不走。大家都在家中吃喝玩乐，扑克牌涨价为20元一副。这次抗议被政府命名为和谐抗议。

2013年4月3日晚，一架巡逻的直升机发生机械故障，坠落在车堆里，为了不激化情绪，政府赔偿了车主原车价。

2013年4月4日，经过了三十六次会议，解决方案并没有出台，但政府承诺在两年内给予解决，同时督促各大公司命令员工必须上班，否则扣工资。市民纷纷开始挪车，但仍有几千台车停在长安街等主要交通要道上。据查明，并不是因为继续抗议，而是因为狂欢太甚，车钥匙遗失。因为拖吊车辆容易引起损坏，所以军队的士兵负责将车抬到路边，待车主将钥匙配好后再取。此举引起市民的同情。

2013年4月10日，政府削减百分之三十的公车，令一汽奥迪等企业回收并二手卖到中国其他城市。危机暂时缓解。从阜成门到长虹桥耗时减少为两小时半。

2013年6月1日，因为私车长期停放在外，北京在这几年内成为了国际盗车走私集团看中的城市。北京的私车偷窃率达到了百分之十。而政府乐于看到私车减少，所以采取了睁一只眼闭一只眼的态度。

2014年中，幻想着能把汽车拿回来的北京市民彻底绝望。几万辆汽车燃烧的黑烟飘到北京，在空中幻化成三个字——单双日。一天后，“单双”两字随风飘逝，只剩下一个“日”字在空中长久不散，成为奇观。中朝民间关系紧张。

2015年1月，政府终于颁发了新规定，每个家庭限买一辆汽车，每个公司根据公司规模限制购车量，每个个人名下只能有一辆汽车。限在三个月内将多余的汽车全部二手处理，否则没收。

2015年1月中旬，规定颁发后，有将近五十万人开车离开北京，选择其他城市居住。天津等地房价暴涨，北京房价暴跌，人们纷纷离开北京，房地产企业纷纷破产，而因为交通不畅，很多市民选择在家上网不出行，网络更红，SOHO被SOHU收购，东方新天地改名为东方网新浪天地，万科改行造汽车。

2015年1月下旬，为了防止社会精英的流失，政府令所有的车辆必须在北京交易，北京牌照的车不得私自驶离北京。

2015年2月，因为有大批人抛售二手车，所以二手车价直线跳水。二十四万元买了的车，行驶两千公里只能被八万收购，而且因为普通二手车商没有那么多的现金储备，所以最后只剩下了三家新冒出的二手车商可以现金低价接车。

2015年3月28日，媒体爆料，那三家现金充裕的二手车商原来是政府背景，因为八万收的车到了外地以后可以卖到十六万。

2015年4月1日，再次爆发大规模的示威游行，要求政府原价将车辆购买回去，并且有人员上街。北京市的几百万辆车再次停在各条马路上。出现暴力事件。因为各个进京道路的道口都有群众的几百台车停着堵路，部队被拦截在北京直辖市外行进缓慢。

2015年4月1日晚，中国台湾出动四百余架战机飞往北京，配合凌晨发射的几百枚导弹，企图对混乱中的北京实施突袭。规模之大企图一击致命。美日和欧洲国家从卫星上发现了异常，但是都选择了静观其变。我们的朋友非洲国家们是次日看报纸才获知了此消息。在敌方的导弹发射后，早上六点多，北京城拉响防空警报。但是由于正值抗议期间，所以没有人起床挪车。

同时，解放军在第一时间发现异常，我军的导弹拦截系统和数百架战机起飞。

几百枚导弹中，被我军拦截了百分之八十，其中有数十枚是解放军驾驶战机直接拦截。但不幸二十多枚导弹落在了北京，因为没有人理会防空警报，所以平民的损失惨重。在空战中，敌人的几十架飞机突出重围，向北京飞来，其中包括几架重型轰炸机。在这千钧一发之际，敌人的飞机突然全部坠毁。

事后根据调查，敌人使用的是从中国进口的航空用油，因为油质较差，不符合标号，在第一次执行这种长途飞行的时候终于引起了引擎故障。敌人的偷袭计划失败。

但由于汽车挡住了所有的道路，救援工作进展缓慢。美国等国家表示，对于导弹落在平民区表示谴责，并申明导弹不是美国生产的。非洲友国表示，他们的援军会坐船过来，预计两个月后到达中国。我国婉拒。

2015年4月3日，市民们纷纷开车离开北京。

2015年4月3日，大陆对台宣战，在战争的尾期，朝鲜和印度突然进攻中国，西藏和新疆局势紧张，同时，朝鲜的核武器秘密研发又告失败，再次在本土引起失误核爆，韩国美国卷入战争，再次出兵朝鲜。

印度和日本海军开始进攻，我国被迫使用了秘密研制了数千年的超级武器，两艘超巨航空母舰启动，这两艘巨舰一直伪装成崇明岛和海南岛，其中崇明岛号开往日本海峡，海南岛号负责对付印度。这两艘超级武器惊动了世界。

民众终于明白，原来这么多年，我国假装腐败，转移国际视线，其实巨资都用于研发这两艘超级武器。而大家惊奇地发现，以前因为贪污问题被抓起来的重要官员，其实都是为了掩护研发的进程而做出的牺牲，如今，他们已在海南岛号和崇明岛号中承担重要的军事指挥任务。全国媒体为他们平反。

2016年，综合各个因素考虑，中国迁都，北京不再是首都。

2016年，俄罗斯等欧洲国家卷入战争，第三次世界大战爆发。

因为中国超级武器的出人意料和坚不可摧，中国获得了战争的绝对优势。战争进行到了最后成了资本主义国家和社会主义国家的决战，欧洲国家宣布退出战争，崇明岛号镇守我国，海南岛号则开往古巴进行援助交际。

2018年，中国发现整个澳大利亚正以二十海里的速度向中国开来，动机不明。原来资本主义国家和我们想到一起去了。这是资本主义国家最后的疯狂。考虑是否要动用终极超绝密武器，那就是中国在古代发射的一颗卫星，而这颗卫星的撞击足以毁灭一个大洲。

秦始皇焚书其实不是为了坑儒，而是为了销毁民间关于这颗卫星的史料记载。唐宋明清等朝代为了掩饰这颗卫星，所有的诗人都要纷纷写诗赞美。而这颗卫星的巨大控制开关位于央视大楼的地下，央视之所以造成裤衩造型，其实是因为大楼整体连接着控制开关，当裤衩掰开的时候，地下开关就能启动。

美国曾在二十世纪六十年代发射火箭登陆过我国这颗隐藏的卫星——也叫月球，引起了全世界的轰动。

2018年中旬，澳大利亚行驶过程中所造成的海啸又淹没印尼，同时，为了节省燃料和不贻误战机，澳大利亚决定不绕远路，直接从印尼上驶过，印尼从地球上消失。

决战就要到来……

你看，一切都是由单双号限行引起的。

2008年9月5日

最重要就是趁匪徒还没系安全带的短时间内以一个合理的速度撞车。

开车被持刀抢劫怎么办

昨天看到一个帖子，就是某个女孩子开车在路上，突然有人打开车门，用刀抵着她的腰，手钩住她的脖子，挟持她开到一个很荒僻的地方，那里已经有同伙等候。最后那个女孩子经过周旋逃脱了。大家都夸奖她很冷静。

我个人认为那是运气比较好，因为绳子松了。如果在现实生活中遇到如此的事情，我觉得应该是这么办的。

首先，开车的时候最好要锁门，这样人家就不会突然进来了。其次，你要绑好安全带，这是最基本的。

然后，有人突然闯进车里，用刀抵着你，让你开车。你就开车，将车加速到60公里以上70公里以下的速度区间里，突然向左打方向，直接撞击建筑、隔离带、墩子等基本不会变形的障碍物。撞击角度越垂直越好。因为是突然的向左转向，劫匪在没有准备的情况下肯定会向右晃动，而在撞击即将到来的时候，基本没有人会想到动刀子，况且身体在向右摆。

然后撞击目标物，在60多公里的时速下，你有安全带的保护，或者加上安全气囊，应该安然无恙，而我想匪徒一手钩你脖子，一手拿刀，应该不会一上车就系安全带的。

这样速度下的撞击，匪徒肯定晕菜和受伤，就算有气囊，也会被气囊击晕。然后你就可以下车逃脱了。同时事故也会很快引来很多人。

为什么要选择60公里这个速度呢，因为高过这个速度太多，很可能你也晕菜了。或者撞完以后发现车门变形打不开，也是比较倒霉的。所以，安全系数比较低的车可以适当地降低速度。但是一定要撞在不可变形的坚硬物体上。

如果没有那些坚硬物体，你就选择追尾。

当然，这个就相对比较自私，因为可能会造成被追尾的车内有人受伤，所以，要选择那些大的重的但是卡车除外的车辆追尾，别人在等红灯的时候可以撞，或者路边停着的车也可以撞，但相对速度一定要大，不要人家开55，你开60去撞人家。追尾的时候注意不要伤及路人。但是这个毕竟可能有无辜者受伤，所以，还是尽量选择撞静物。

最重要就是趁匪徒还没系安全带的短时间内以一个合理的速度撞车。开到贼窝去以后机会就不大了，人家不可能在街上和你车里蒙面，所以你把人家看个一清二楚，估计也难逃被杀的命运。

2008年9月9日

把几千个学生弄成一个样实在是显得非常愚昧，

我看不出这样对学生有什么实质性的帮助和提升。

而且我上学的时候经常因此认错自己的女朋友。

取消校服

终于，广东也查出校服有毒。我其实对校服有意见已经很久了，首先，国内校服穿着很不舒服，不知道为什么，总之以前我在上学的时候，就觉得校服的味道怪异，而且如果裸露的肉体碰到校服皮肤会有点不适，可能我是个案，但质量差是肯定的。

其次，校服价格不便宜，我不相信那么大批量的生产，衣服的成本还下不来，质量还上不去，按理来说学校和制衣厂一定是有某些利益关系的。

再者，校服实在很难看。身为制服之一甚至制服之首，做成这样，让人失望。

最后，把几千个学生弄成一个样实在是显得非常愚昧，我看不出这样对学生有什么实质性的帮助和提升。而且我上学的时候经常因此认错自己的女朋友。

当然，学校最好的借口就是为了防止攀比。我觉得这是扯淡，连学校之间都互相攀比，老师之间都互相攀比，学生间的攀比靠校服是根本拦不住的。学校之所以喜欢校服存在，大家都能想明白。当务之急还是检查检查自己的校服吧。

所以，最好是趁着这次校服有毒事件，索性把学生校服取消了得了。

新闻——

昨天（18日）省质监局公布的广东省学生校服产品质量专项监督抽查显示，有一成多的校服质量不合格，产品质量合格率为88.8%（2007年抽查学生校服产品批次合格率为52.2%）。

按校服所供学校所在地统计，此次抽查深圳、韶关、清远、揭阳、东莞、江门、阳江、肇庆、梅州、潮州、云浮等市的产品批次合格率均为100%。

广州市的产品合格率为95.2%；珠海市的产品合格率最低，仅为50%；佛山、河源、湛江等地的产品质量水平也较低，合格率分别为68.42%、70%和72.73%。

含毒校服：

在此次抽查中，连平县鲲鹏制衣有限公司生产的校服检出联苯胺。联苯胺曾是染料工业的重要中间体，如果经常穿着含有联苯胺的衣服，可引起恶心、呕吐，损害肝和肾脏。由于联苯胺的毒性很强，目前服装行业已改用其他无毒或低毒的中间体。

此外，有18个批次的产品pH值项目不合格，占不合格项目的90%。pH值过高或过低，都会破坏皮肤的表面平衡，引起皮肤过敏或诱发感染。

pH值不合格校服：

因pH值不合格被评为质量较差的产品有：深圳市思贝特服饰用品有限公司珠海分公司生产的“青叶子”中学生春夏运动套装、福建省惠安明盛服装有限公司生产的“明盛”针织学生服、惠州市兴教服装有限公司生产的针织学生服、和平县港丽制衣有限公司生产的“阳明二小”针织学生服、佛山市华材实业发展公司生产的“名上名”学生校服、佛山市三水富莱服装有限公司生产的“富莱”运动服、佛山市南海区腾健服装有限公司生产的“腾健服饰”学生校服夏装、佛山市南海富莉雅实业有限公司生产的“富莉雅”学生校服夏装、佛山市南海区平洲奇裁服装厂生产的“奇裁服装”夏季针织运动裤、深圳市志天缘服饰有限公司生产的“志天缘服饰”冬装制服、廉江市通利达服装有限公司生产的学生服套装、汕头经济特区利园校服创作有限公司生产的东厦中学冬运动服上衣、汕头市服装日用制品厂生产的针织学生服、湛江市坡头区官渡中学勤俭服装厂生产的“三向牌”学生冬校服、雷州市教育校服有限公司生产的“三向”夏服、佛山市三水恒利达针织有限公司生产的“HENGLIDA”冬季针织运动衫、惠安县华荣时装厂广州经营部生产的“华荣服饰”夏季针织学生套服、深圳市伟奇服装有限公司生产的“贝克斯托”针织运动休闲服。

2008年9月20日

哎，该怎么弄呢

我们抵制某国货，因为他伤了我们的自尊。

我们抵制某国货，因为他伤了我们的感情。

我们抵制某国货，因为他伤了我们的面子。

我们支持中国货，结果他伤了我们的身体。

2008年9月15日

车队一个朋友说，你以后发车的时候认准你旁边的广告牌，找一个参照物。

刻舟求剑

最近经常奔走。先是去了长白山，是我们全国汽车拉力赛的第三场。

因为在上海有事情，到了那里已经错过了车手会。

东北空气新鲜，地域宽阔。半夜打开电视，发现全世界范围都无法治愈的疾病在东北已经被全部攻克了。

最后那场比赛得了国家杯的第三，我们这个组别的第二。然后又飞去了珠海。

在珠海住在北师大的国际交流中心，我们赛事的模特全是那个学校的姑娘，都管那里叫“国交”，幸亏那里不叫国际信息交流中心。在珠海是场地赛，拿下了杆位以后正赛那天发车前居然停车压线，可能是忘记了我们赛车的座位是在普通车后座的位置，看走了眼，被罚通过维修区。幸好最后还是拿了第一名，没有辜负看台上远道而来看我比赛的朋友们。

车队一个朋友说，以后发车的时候认准你旁边的广告牌，找一个参照物。我说这刻舟求剑我用过一次，以前拉力赛做路书的时候有过“直线300米右手边水牛处左五”，结果第二天正式比赛的时候那水牛挪地方了，害我差点冲出赛道。

就此。

2008年10月8日

在这件事情上面，我和相关部门都很失职，
我主动承担主要责任，
希望相关部门和肇事卡车共同承担次要责任。

记一件无能为力的事

昨晚，我开摩托车经过上海市沈砖公路的时候，突然看见地面上有异样，我急忙避让，发现真是大海茫茫的一片石头啊，我不得不避让到对方车道里。这些石块大小不一，散落了好几十米，谁压上去最好的结果就是爆胎和钢圈变形，稍微惨一点是底盘部件受损，再惨一点就是车祸，最惨的当然是开摩托车没注意的。这时候我才明白，难怪政府要禁摩，原来是体谅人民，中国的道路实在凶险，暂时没有条件让摩托车驾驶。

很明显，这是那些拉土石的大车超载太严重后掉下来的，我非常费解政府为什么一直在环保上和私车以及摩托车过不去，但对卡车等宽容得很。我敢说，现代轿车的排放已经是非常环保的了，我们买的汽车，符合政府对环保出台的最新严格要求，加的也是政府垄断的所谓好的汽油，而很多卡车、公共汽车和工厂才是尾气排放不合格的。这些暂且不说。

这不是重点，重点是在碎石后面的一个安全的路口，大概有四五辆车停在路边，大致一看都是爆胎。有些车还一时半会走不了，因为爆了两三个轮胎，但备胎只有一个。虽然这些是受害者，但我很不明白一点，这些车都是有三角警示牌的，只要有人把自己的警示牌放在碎石前五十米，就能避免很多后来车的不幸。当然，我理解受害人自顾不周的心情，而且如果我是受害人，虽然我不怀坏心，但肯定是同伴越多，心情越释怀。

我就在头盔里想自己能干些什么，粗一想觉得自己能做的挺多的，但细一琢磨发现都不可行。

首先，我可以去请求受害车主借一个三角警示牌，但我推翻了这想法，因为他们正承受胎死路中的痛苦，这是一群真正不明真相的群众，情绪不稳定，心情很愤怒，此刻这个行为明显不妥。

或者，我可以调头回去，把摩托车横在马路上碎石前作为警示，但我推翻了这想法，因为既然有人能没看清石头，那也肯定有人看不清摩托，把我的摩托车撞了，双方损失惨重，我还得赔人家钱。在中国做好事结果自己栽了这个规律已成传统。明显不妥。

或者，我可以开着摩托车，在前面的路口和汽车平行，然后可以敲敲他的窗指指前面提示他前面有一大片异物。但我又推翻了这想法，因为人家肯定以为我是飞车党抢包的，万一一慌张向我一撞或者来个正当防卫，我就死了。就算人家是个单纯的人，没以为我是飞车党，只以为我是个神经病，那也肯定注意力都在我身上，本来没事的这下非冲进碎石堆不可。

或者，我可以下车以后把碎石们挪开，但我推翻了这想法，因为面积实在太大，我一个人差不多要愚公五个小时，万一大家看我收拾以为是我撒的就完了，而且在当今中国，这个行为会被认为太做作，万一被人认出来就更加完蛋了，这就变成了一场策划，一场阴谋，是我安排的一场作秀。

或者，我可以站在路上指挥交通，等警察过来。但我推翻了这想法，我是骑摩托车的，这说明我是违法分子，我是个罪犯，摩托车作为一种全世界都承认的交通工具，在我国是不被承认的，当然，除了某些三十万一台的警用或者开道护送用的宝马摩托车以外。其他的大排量摩托车都是不准在道路上行驶的。所以，我指挥半天，结果警察一过来就把我的摩托车给扣了，那绝对会对我的世界观产生影响，马加爵之类的我估计就是这么诞生的。我其实是个好人，但这世界会认为我是个坏人。

或者，一不做二不休，报警吧。我拨通了110，结果提示我系统正忙，请稍候再拨。我想幸亏我不是摔倒在路上趁昏迷前打电话求救，如果上天只给我一个打电话的机会，我还是打给我爹算了，至少我爹懂得开通呼叫等待功能，打了110告诉你请稍候再拨，我肯定要多吐一口血。

想着想着，就到目的地了。一下车开始忙正事，把这事给忘了。事后想起来，我还是很自责，我觉得我没有尽一个公民应尽的职责，很可能因为我的不作为导致严重后果，虽然这些石头不是我弄掉下来的。同时，政府也没有尽一个政府应尽的职责，首先，土方车的严重超载这么多年一直很严重，而且是半夜超载，石头和泥土又是暗色的，东西掉下来导致的无辜车辆的交通事故或者车辆损失我觉得应该不计其数了，就这么难管么？你那先进到能够辨认出到底是你妈的还是他妈的或者是你大爷的汽车车牌尾号是不能于今天上路的电子系统和充沛到每到上下班高峰都有人拦截轻骑和摩托并把它们搬上卡车的警力，你都能有闲工夫每天盯着人家私车的牌照看尾数的最后一位是否符合当天能够行驶的标准，还有闲工夫去通知和管理有其他的尾数有每个月分别是两次轮换到禁止行驶的，你就管不了从固定地方出发运输土方的大卡车？

总之，我觉得，在这件事情上面，我和相关部门都很失职，我主动承担主要责任，希望相关部门和肇事卡车共同承担次要责任。

2008年10月14日

在此我向大家认错，另外，因为我的错误言论，

对政府和掉石头的土方车所造成的名誉损失表示道歉。

结

我看到昨天的文章后有几个留言，很有意思——

1.开玩笑，你怎么什么都怪政府呢？有时你自己也应该想想啊，你就没有原因吗，我说就是你，其实政府和那些被你骂的人都不想和你一般见识，和你用得着骂吗？你玩得起吗？

2.韩寒，你错怪政府了，你低估了交通管理部门发挥罚款职能的能力，他们对卡车的超重问题毫不松懈，这你可以问问卡车司机因超载被罚款的频率和幅度，而问题是，卡车超载是不得已的事，养路费以及其他向国家交的费用太高，汽油价格又处于持高不降趋势，运输成本加大运输费用却未提高，车主所做的只能是心存侥幸地超下载，所以，他们也不容易，请不要埋怨他们。这个社会，难过的只是老百姓，政府打着为了人民利益的幌子做着损害人民利益的勾当，说是为了保护这部分人的利益从而遏制另一部分人的利

益，这部分那部分地转换来去，最终，受益的——不是人民。这个是实话。卡车司机跑趟长途光罚款就要上千块钱，但运费没有那么高，再加上油价高跑车成本加大，超载实属无奈，毕竟都要生存啊。

3.你这话说得不错，所以我们以后要用非常环保的小轿车去拉土石，而你应该开着卡车去参加婚礼，这样政府就不会管小汽车，而是转向管卡车了。

4.同样用能源，人家是为生存，你为飙车。到底谁环保啊！很简单，货车在创造财富，您的车在消耗财富。如果不超载，后果就是物流成本上升，物价飞涨，运力不足，电厂缺煤，工厂缺原材料，大车增加，油品短缺，政府进一步限制私车。

5.

1）首先要搞清楚石头是谁掉下来的，然后才能找到冤头债主；

2）其次要搞清楚博文作者与此事有无直接关系，然后才能谈论什么是客观公正和谁最有资格写此类文章；

3）最后就算是在最民主的西方国度，马路上有几块人家不小心掉下的石头，犯得着上至政府下至警察地在互联网上全世界地大开骂戒吗？

4）见了扎眼的事，不分青红皂白第一个想到的出气筒就是政府，有病！

5）就几块石头的事，这里面没有政治、经济、文化和哲学，但硬要和这些牵扯沾边，弱智！

6.卡车超载也是为了国家的城市建设进度，他们是没有错的。

综上所述，我得出的结论是，你们说的都很有道理，政府是没问题的，因为他们已经罚款了，而且他们对土方车收取了卫生清理费，所以他们已经进行了管理。当然，你在清理前出事就是你自己倒霉。卡车也是没问题的，因为他们已经交罚款了，况且他们每次把土石都装得溢出来是为了建设祖国，但祖国的运营成本比较高，所以更要多溢出来一点儿。但恰恰双方都没有错，或者双方都是有苦衷的，情有可原的，所以受害者都得是活该了。那总有人是错的，所以我为我的不作为就应该承担全部责任。只因我当时离开目的地太近，一到以后一忙就忘了这事了。在此我向大家认错，另外，因为我的错误言论，对政府和掉石头的土方车所造成的名誉损失表示道歉。

另外有读者说，就那么几块石头，就算西方国家也很难免。我想他的生活大概是固定在一条线路上，所以有所不知，你只要开车经常走夜路，你就知道路遇渣土碎石的概率有多高了。所以，需要每个路过的人负责的地方有很多，能清理则清理，不能清理则竖警示牌守候，都是为了把我们的祖国的商品房建设得更快。

2008年10月15日

我们就不要说人家是奴化小学生了，

论级别，我们也只是五十步笑百步，家奴指点农奴而已。

人家明明是很单纯的……

从2006年我们的拉力赛到贵州去比赛开始，就见过给车辆敬礼的小学生们，甚至还见过给车辆敬礼的成年人，我感觉自己是开着一面国旗，到哪都有人敬礼，一开始我对此十分地不解。当然，我不会被感动，因为我觉得自己受不起，莫名其妙人家向你敬礼了，原因是因为我在一辆汽车里。对我而言，我对当地的发展没有做出任何的贡献，对贫苦的居民没有做出任何的帮助，你敬我什么呢。

然后我去其他地方比赛，冰冻三尺或者炎炎夏日的，当地政府为了欢迎来自全国各地的赛员，都会安排小学生的腰鼓队一直在那里助兴——

在此要先说说腰鼓队，这是绝对应该取缔的一个邪恶组织，我上学那会儿规定一定要参加一个兴趣小组，万幸我有自己的兴趣，所以参加了摄影组，但很多没有兴趣的同学就入了腰鼓队，成天背着一个腰鼓练那几个永远的欢迎节奏，用于列队欢迎来学校视察的领导，或者是被当地的领导租借去欢迎更大的领导，反正就是用于欢迎领导或者贵宾的道具。我一直难忘那样的情形，上百人的腰鼓队两边站开，整齐划一地击打腰鼓，喊着，欢迎欢迎，热烈欢迎，然后脑袋上悬着大横幅，欢迎教育局的领导来我校暗访。

你真要说你掌握了一种乐器倒也算了，偏偏是腰鼓，你长大泡妞的时候看人家弹着吉他唱情歌，你总不能敲着腰鼓向人家表白。这根本和兴趣或者技能无关，这就是被利用了。

所以，贵州的学生也是一样的情况，他们只是被利用了，用于旅游业和招商引资，小学生只是代替当地政府表达对来贵州旅游或者投资者的欢迎，让人们感到“感动”和“尊贵”，那些小学生只是便衣腰鼓队员而已。

很多人认为这是贵州当地的奴化教育，我实在不能赞同。我觉得当地政府才不会想这些意识形态上的东西。上网看到这篇文章的人，你们谁从小接受的不是奴化教育？连同我在内，从上小学的第一天，到毕业，受到的都是远远比对一辆汽车敬一个礼要更加彻底更加深入的奴化教育，所以，我们就不要说人家是奴化小学生了，论级别，我们也只是五十步笑百步，家奴指点农奴而已。归根结底，单纯的贵州政府只是想利用小学生罢了，人家才没那么复杂呢，你们说的那些，那是××想的事。

2008年10月17日

精神是一种说不的东西，当然，这精神中不包含酒后驾车。

近日汇报，内有广告

这些天去了浙江的武义，那里是徐浪的老家，去过那里很多次，练车和泡……温泉。

上次有记者问我，今年有什么事情对你影响最深远，然后自作主张地帮我拟了一个答案，说是不是四川的汶川大地震啊。我说不是，是徐浪的去世。

相比起上次去的心情，这次开心了很多，因为徐浪的儿子在十月十五日诞生了，我去那里看望了徐浪的家人，他们的心情都好了很多，包括徐浪的妻子寸寸。小孩子名叫徐涛，是徐浪生前给他起的名字，虽然浪涛浪涛，一字之差，但在取名字方面，我觉得还是徐浪的爹比徐涛的爹有水平一点儿。徐浪听了不要不高兴啊，小孩子非常可爱。

另外，芝华士的网站上做了“骑士献身四部曲”的测试，测试的结果我是勇气骑士，我觉得这一切的原因是我在某选项里选择了亚马逊探险，我内心是想去日本吃喝玩乐团的。精神是一种说不清的东西，当然，这精神中不包含酒后驾车。

此外，我有一个好朋友在杭州开了一个卡丁车馆，据说是亚洲最大的室内卡丁车馆，我前两天和很多好朋友一起去比试了一下，其中有POLO杯的两届年度冠军——叶青和裴亮，还有新科分站冠军乐柯鹏，还有张邱鹏等车手和当地的卡丁车手，在排位赛上我拿了杆位，正赛就被后车直接撞出去了，掉到了最后一位，最后追到第四。

卡丁车是培养车感的最好工具，我在那里做的时间是41秒61，大家可以去试试。地址在杭州的国际汽车城内，叫F2国际赛车馆，在前台购票的时候只要直接报上我的名字……是没有什么作用的。

同时，我越发理解到，最近的经济真的不好了，周围好多朋友的生意都不好做了，除了裴亮，因为他去拍牌照，随便就按了一个沪××8888，已经能几十万卖出了，这说明，靠手艺吃饭比较靠谱。

但我看到很多网友都希望我国借这次经济危机一举成为全球经济救世主，让国人在国际社会上扬眉吐气。我想告诉他们，别幻想了，自保就不错了。

国际原油跌到六十多美元一桶了，不知道盛产高价劣质汽油的中石油和中石化与他们的下属单位发改委什么时候调价啊？

2008年10月31日

更关键的问题是，收了这个税，

应该用这个钱去保护作者利益，打击盗版，

而不是成天研究封杀谁。

好歹一成的税就别去争它了

今天有记者问我关于作家免税的问题，说这个是由二月河提出的。二月河的意思是作家太穷了，属于弱势群体，应该免税。后来改口说如果不向作家征收个人所得税，能够刺激作家的原创力，可以降低书价，让更多的老百姓买得起书。

我不很明白这有什么值得讨论的。二月河写历史，搞历史的确实很容易犯历史性错误。首先，作家的个人所得税是百分之十一多，在各个行业已经属于比较少的，我不觉得原本活不下去的作家把这百分之十一还给他就能活下去了。

其次，我也不觉得作家是弱势群体，一个行业肯定有混得好的和混得差的。在当今社会的世界每个角落，作家大部分属于兼职工作。你想靠这个吃一辈子，在中国的确有点困难，连我都是兼职的。当然，比较不幸的是赛车赚的钱更加少，主职的境遇更惨。但整个作家行业还不至于那么惨，比这个惨的还多了去了吧。

再者，我也不觉得书价可以降低。中国的书价是合理的，在通货膨胀很厉害的情况下，这几年的书价和杂志价格没有大幅度上涨。依照我的了解，书价中一半是书店赚的，出版方，发行方，作者和印刷制作四家再去分割剩下的百分之五十。包括纸张等一切都在涨价，书价再降低中国的出版行业很难承受。大家一直怪书价贵，说出版社黑，其实书店是赚最大头的。中国的出版行业已经很穷了，你看那些中国的富豪，没一个是做出版的，这在全世界都不正常。就算给作家免税了，书价也一分钱不会跌。就好比美元贬值了那么多，美国车却一分钱没跌过一样。

最关键的是，我觉得百分之十一的税率不至于把人逼死，也没有到影响日常生活质量和性生活质量的程度，这是合理的税率。如果作家真的免税，就将导致本来口碑很差的出版行业遭受毁灭性的差评和歧视，这将是得不偿失因小失大的耻辱。作家本来讲究的就是骨气，当然现在基本上大家都没有，但好歹一成的税就别去争它了。更关键的问题是，收了这个税，应该用这个钱去保护作者利益，打击盗版，而不是成天研究封杀谁。

2008年3月21日

书价涨没涨，这是个问题。

焦距不能只放在一米处

昨天看留言，有人说我胡说，说作家应该免税，大部分作家活得很辛苦，出一本书拿几万块钱，折合下来一个月才一两千。

我想说，你们太短视了，很多作家活得苦不是这百分之十一的税造成的，就算退给他，还是那么苦。

倘若你拿了这一个月一两百的退税，这行业更加苦，你以后赚得更少。原因自己去想吧，你们的焦距只放在一米处，我也没办法。

另外很多人反映书价的确涨了。

可能真是这样，我很长时间没买书了，但我的书从2000年卖16到20元，最低的《通稿2003》只卖9元，到2008年，最新出的杂文集《杂的文》还是在卖19.9元，我的小说也基本上定价在20元左右。

所以对我来说，书价一直没有涨过。

我会好好反思的。

2008年3月23日

韩寒

1982年9月23日出生

作家、赛车手、导演

小说、散文作品总销量超2000万，被翻译成十余种语言在全球出版

作品：

小说

《三重门》《像少年啦飞驰》《长安乱》《一座城池》

《光荣日》《他的国》《1988：我想和这个世界谈谈》

散文

《零下一度》《就这么漂来漂去》《我所理解的生活》

杂文

《通稿二零零三》《杂的文》《可爱的洪水猛兽》《青春》

主编：

《独唱团》

《很高兴见到你》《去你家玩好吗》《想得美》

《不散的宴席》《在这复杂世界里》《和喜欢的一切在一起》

《我们从未陌生过》《可以不可以》

电影：

《后会无期》《乘风破浪》

赛车：

中国职业赛车史上唯一场地与拉力双冠军

谢谢。您选择的是一本果麦图书
诚邀关注“果麦文化”微信公众号

可爱的洪水猛兽

产品经理｜赵海萍　　责任印制｜路军飞
产品统筹｜陈　曦　　出 品 人｜吴　畏

图书在版编目（CIP）数据

可爱的洪水猛兽 / 韩寒著. -- 天津 : 天津人民出版社, 2017.12（2018.1重印）
ISBN 978-7-201-12652-4

Ⅰ.①可… Ⅱ.①韩… Ⅲ.①杂文集—中国—当代 Ⅳ.①I267.1

中国版本图书馆CIP数据核字(2017)第284320号

可爱的洪水猛兽
KEAI DE HONGSHUI MENGSHOU

出　　版　天津人民出版社
出 版 人　黄　沛
地　　址　天津市和平区西康路35号康岳大厦
邮政编码　300051
邮购电话　022-23332469
网　　址　http://www.tjrmcbs.com
电子信箱　tjrmcbs@126.com

责任编辑　张　璐
产品经理　赵海萍

制版印刷　山东鸿君杰文化发展有限公司
经　　销　新华书店
发　　行　果麦文化传媒股份有限公司
开　　本　880 × 1230毫米　1/32
印　　张　6
字　　数　140千字
版次印次　2017年12月第1版　2018年1月第2次印刷
定　　价　39.00元